KB142733

매일매일이 천국 같다고 생각하는 사람은
아무도 없다.

랠프 월도 에머슨

작가살이

애니 딜러드
Annie Dillard

이미선 옮김

꿈꿈

차례

1장. 글은 어떻게 쓰여지는가?   9

2장. 나는 어디에서 글을 쓰는가?   43

3장. 누가 내게 글 쓰는 법을 가르쳐주는가?   67

4장. 글 쓰는 삶이란 어떤 것일까?   101

5장. 어떻게 나만의 글을 써낼 수 있을까?   107

6장. 나의 글쓰기는 어떻게 흘러가는가?   131

7장. 글의 영감은 어디서 오는가?   147

옮긴이의 말   183

주요 서평   191

저자에 대하여   195

번역자에 대하여   201

1

글은 어떻게 쓰여지는가?

서두르지도, 쉬지도 말라.

괴테

1

글쓰기는 한 줄의 단어를 펼쳐놓는 것으로 시작된다. 그 줄은 광부의 곡괭이이고 목각사의 끌이며 의사의 탐침이다. 글 쓰는 이가 휘두르는 대로 그 줄은 그에게 길을 파서 내준다. 그 길을 따라가다 보면 새로운 땅에 깊숙이 들어가게 된다. 그것이 막다른 골목일까, 아니면 진짜 주제를 찾아낸 것일까? 그 답은 내일 나타날 수도 있고 내년 이맘때쯤 나타날 수도 있다.

용감하게 길을 내고 조심스럽게 길을 따라 길이 이끄는 곳으로 가다보면 길 끝에 협곡이 나타난다. 그러면 글 쓰는 이는 망치로 두드려서 보고

서도 작성하고 속보도 내보낸다.

글은 글 쓰는 이의 손에서 눈 깜짝할 사이에 생각의 표현에서 인식론적 도구로 변해 버린다. 새로운 곳은 분명하지 않기 때문에 항상 그의 흥미를 끈다. 그는 세심하게 주의를 기울인다. 겸손하고 조심스럽게 단어들을 펼쳐 놓고 온갖 각도에서 바라본다. 그러면 이전에 쓴 글이 또렷하지 않고 서투르게 보인다. 과정은 아무것도 아니다. 지나온 발자취는 지워라. 길은 작품이 아니다. 무성하게 풀이 자리 글 쓰는 이가 지나온 길이 사라져 버렸길 바란다. 그가 흘려놓고 온 빵부스러기를 새들이 이미 먹어 버렸길 바란다. 그가 그 모든 것을 던져 버리고 뒤돌아보지 않길 바란다.

한 줄의 단어는 망치다. 글 쓰는 이는 집의 모든 벽에 망치질을 한다. 온 벽을 가볍게 두드린다. 여러 해 동안 이런 일에 주의를 기울이다 보면 무슨 소리가 들릴지 알게 된다. 어떤 벽은 다른 것을 떠받치고 있는 벽이다. 그 벽은 움직이면 안 된다. 그 벽이 가만히 있지 않으면 모든 것이 무너진다. 어떤 벽은 없어져도 아무 문제가 없다. 그는 그 차이를 알 수 있다. 불행히도 다른 것을 떠받치고 있는 벽을 없애야 하는 경우가 있다. 어쩔 수가 없다. 딱 한 가지 해결책밖에 없다. 그에게는 끔찍하겠지만 어쩔 수가 없다. 그 벽을 쓰러뜨리고 재빨리 몸을 피하라.

너무나 훌륭한 소재라 작품이나 세상에 그것이 꼭 필요하다는 무모한 희망에 용기는 정면으로 맞선다. 지친 용기는 이 글 때문에 작품이 약화된다는 적나라한 진실을 딛고 서 있다. 글 쓰는 이는 작품을 부수고 다시 시작해야 한다. 부서진 건물 사이에서 벽돌 몇 개를 건지듯이 몇 개의 문장은 건질 수 있다. 그 자체로 아무리 뛰어나고 아무리 어렵게 얻은 문단이라 해도, 몇 개의 문단이라도 건질 수 있다면 그것은 기적이다. 작품을 부술까 고민하면서 일 년을 허비할 수도 있고 즉시 그 일을 해치워 버릴 수도 있다. (나약하게 굴 것인가, 아니면 겁쟁이처럼 굴 것인가?)

가장 잘 쓴 부분뿐만 아니라 요점 자체가 됐던 부분을 버려야 하는 이상한 경우도 있다. 나머지 부분의 토대가 될 뿐만 아니라 글 쓰는 이에게 글을 시작할 용기를 줬던 최초의 가장 중요한 구절을 말이다. 그런 문제에 대해 잘 알고 있었던 헨리 제임스^{1843~1916, 미국 소설가}가 그것을 가장 적절하게 표현했다 『푸아튼가家이 수장품』서문에서 그는 거의 울부짖음에 가까운 희극적인 두 문장으로 작가에 대한 동정심을 피력한다.

"끝까지 간직하려 했던 최고의 부분을 작가가 힘겹게 내놓지 않은 작품이 어디 있겠는가? 끔찍해 하며 그것을 내놓기 전에, 그렇게 끝까지 밀고 나간 이유가 됐던 그것은 도대체 어떻게 되는 것일까라고 작가가 자문해 보지 않은 작품이 있을까?"

그렇게 작가는 여러 권의 책을 쓴다. 각 책에서 작가는 절박하고 생생한 몇 가지 요점을 의도하지만 책의 형태가 굳어짐에 따라 그중 많은 것을 희생한다. 헨리 데이비드 소로^{1817~1862, 미국 사상가·문인}는 이것을 다음과 같이 애처롭게 표현했다.

"젊은이는 달에 닿을 다리를 지을 재료를 모은다. 아니면 지구 위에 궁전이나 사원을 지을 재료를 모은다. 그러다 마침내 중년이 된 남자는 결국 그것으로 나무 헛간을 짓기로 결정한다."

작가는 이런 재료들로, 이런 열정적인 주제들로, 미완성의 작업으로 되돌아간다. 결국은 그것이 그의 평생의 작업이기 때문이다.

작가가 던져 버리는 것은 바로 작품의 시작 부분이다.

그림은 지나온 흔적을 덮어 버린다. 화가는 바탕에서부터 작업한다. 그림의 맨 나중 모습은 이전의 모습들 위에 덧바른 것으로, 이전의 모습들을 지워 버린다. 반면에 작가는 왼쪽에서 오른쪽으로 작업해 나간다. 버릴 수 있는 장章들은 왼쪽에 있다. 문학 작품의 맨 나중 모습은 작품의 중간 어디쯤에선가 시작하여 결말로 향하면서 견고해진다. 이전의 모습은 왼쪽에 덩어리 형태로 남아 있다. 작품의 시작은 독자와 왼손으로 악수한다. 그런 앞 쪽들과 장들에서 독자는 아무 성과 없는 무모한 도약들을 발견하고, 버려진 주제들의 용감한 시작을 읽을 수 있으며, 오래전에 포기한 어조도 들을 수 있다. 독자는 막다른 골목도 발견하게 되고 이제는 적절치 않은 배경에 대해 애써 알아내기도 한다.

작업해 놓은 부분을 없애겠다는 작가의 결심을 약화시키는 몇 가지 망상이 있다. 작가가 자신이 쓴 글을 너무 자주 읽다 보면 마음속으로 외우고 있는 시처럼 그것이 꼭 필요하다는 느낌을 갖게 된다. 그 부분이 그 자체의 익숙한 리듬에 완벽하게 부응하는 것처럼 보이기 때문에 작가는 그것을 버리지 않고 간직하게 된다. 설사 중요한 가치는 없다 해도 책의 요점과 연관이 있거나 조화를 이루는 것처럼 그 자체의 힘 같은 장점을 가지고 있으면 작가는 그 부분을 간직하게 된다.

　때로 작가는 감사하는 마음에서 이전에 쓴 장들을 남겨두기도 한다. 그 부분에 대해 생각하거나 읽을 때마다 작가는 그 단어들이 처음 떠올랐을 때 느꼈던 그 즐거운 안도감을, 어쨌든 자신이 뭔가를 쓰고 있다는 그 안도감을 다시 느끼곤 한다. 그는 그런 시작 덕분에 자신이 지금 가고 있는 곳으로 갈 수 있게 됐다고 생각한다. 독자들에게도 당연히 그것이 토대로서 필요할 것이라고 생각한다. 그러나 그렇지 않다.

　한 사진작가 지망생이 자신이 찍은 최고의 사진들을 한 자루씩 들고 명망 높은 노老사진작가의 자문을 구하러 해마다 찾아왔다. 해마다 그 노작가는 사진을 살펴보고 그것을 형편없는 사진과 괜찮은 사진, 두 더미로 나눠서 쌓으라고 지시했다. 해마다 노작가는 풍경 사진 한 장을 형편없는 사진 속에 넣었다. 마침내 그가 젊은 지망생에게 한 마디 했다.

"자네는 매년 이 똑같은 풍경 사진을 가져오고 나는 매년 그것을 형편없는 사진 속에 넣고 있네. 그런데 자네는 왜 그 사진을 그렇게 마음에 들어 하는 건가?"

젊은 지망생이 대답했다.

"그걸 찍으려면 산을 올라가야만 하거든요."

뉴욕에서 택시를 탔을 때 택시 기사가 내게 여러 곡의 노래를 불러준 적이 있다. 어떤 노래는 둘이 함께 불렀다. 그는 미터기를 끄고 시내를 운전하고 돌아다니며 노래를 불렀다. 그가 긴 곡을 두 번이나 불렀다. 그것은 그가 부른 곡 중에서 유일하게 싱거운 노래였다. 내가 "그 노래는 아까 불렀으니까 다른 걸 불러 봅시다."라고 하자 그가 대답했다.

"이 노래를 다 외우는 데 얼마나 오랜 시간이 걸렸는데요."

작가가 용기를 내서 탯줄을 끊어 버리지 못했

던 책들을 우리는 얼마나 많이 읽게 되는가? 작가가 가격표 떼는 것은 깜박한 선물을 우리는 얼마나 많이 받게 되는가? 작가가 얼마만큼의 대가를 지불했는지 굳이 우리에게 알려줘도 괜찮은 것일까? 그것이 예의범절에 어긋나지는 않는 것일까?

글 쓰는 이는 다 쓰고 나서야 단어들의 줄 끝에서 그것을 발견한다. 그 줄은 광섬유로, 철사처럼 유연하다. 그 줄은 연약한 끝 바로 앞의 길을 비춰준다. 글 쓰는 이는 벌레처럼 연약한 그 줄을 탐침 삼아 앞으로 나아간다.

멍청한 삶을 사는 자벌레의 시력만큼 황당한 시력이 또 있을까? 몇몇 나방이나 나비의 애벌레를 우리는 자벌레라고 부른다. 예를 들어 양배추의 애벌레는 자벌레이다. 주변에서 가끔 보게 되는 자벌레는 피질로 이루어진 밝은 녹색 벌레로,

핏줄만큼 가늘고 몸길이는 일 인치에 불과하다. 자벌레는 이 세상에서 살아가기에 전혀 맞지 않는 것처럼 보인다. 자벌레는 끝없는 공포 속에서 하루하루를 보낸다.

내가 지금까지 본 자벌레는 모두 기다란 풀잎에 달라붙어 있었다. 불쌍한 자벌레는 풀잎 옆에 붙어서 머리를 이리저리 움직이며 울부짖는 것처럼 보인다. 이런! 더 못 가는 거야? 혹 모양의 뒷다리 한 쌍은 풀잎 줄기를 꼭 붙들고 앞쪽 세 쌍의 다리나 몸은 뒤로 젖힌 채 허공에서 도리깨질을 한다. 이런! 더 못 가는 거야? 뭐니?

자벌레는 바로 자신의 코밑에 있는 풀잎의 나머지를 넓은 세상천지에서 찾는다. 자벌레는 엄청난 행운으로 풀잎의 나머지 부분에 닿는다. 앞발은 계속 풀잎에 매단 채 몸을 일으켜서 일 인치 길이의 녹색 몸을 비틀며 뒷다리들을 앞다리에 바싹 붙인다. 몸이 고리 모양이 된다. 이제 풀잎 줄기 위쪽으로 앞다리들을 밀기만 하면 된다. 그러나 자벌레는 어찌할 바를 모른다. 머리와 앞다리를 쳐들고 상체를 허공 속으로 내던지며 다시 공포에 휩싸인다. 이런! 더 못 가는 거야? 이게 세상의 끝이야?

그렇게 계속하다 자벌레는 풀잎 끝에 도달한
다. 그때쯤이면 자벌레의 얼마 안 되는 몸무게 때
문에 풀잎이 구부러져서 다른 풀에 닿게 된다. 자
벌레의 이 반복적이고 계시론적인 기도식이 풀잎
끝을 훑고 지나면 풀잎 끝이 뭔가에 부딪힌다. 나
는 그런 광경을 여러 번 봤다. 눈멀고 필사적인 이
바보는 한 풀잎에서 떨어져 나와 다른 풀잎으로 옮
겨간다. 자벌레는 그 풀잎을 몇 시간 동안 거의 히
스테리 싱태로 기어오른다. 한 발자국씩 뗄 때미
다 자벌레는 우주의 가장자리에 다가간다. 그러다
가 다시 묻는다. 이런! 더 못 가는 거야? 이게 세
상의 끝이야? 아, 이제 땅바닥이다. 이런! 더 못 가
는 거야? 이크!

"그냥 뛰어내려 봐!"

나는 혐오스러워하며 자벌레에게 말한다.

"그 비참함에서 빠져나와!"

나는 기도의 위험에 대해 알고 있었던 18세기

의 하시디즘18세기 동유럽에서 일어난 유대교 경건주의 운동 신
자들을 존경한다. 율법학자 '스트렐리스크의 우
리'1757~1826는 매일 아침 기도를 하러 떠나면서 가
족과 슬프게 헤어졌다. 혹시 기도하다 죽을 경우
를 대비해 그는 자신의 원고를 처분할 방법을 가
족에게 일러줬다. 마찬가지로 한 도살꾼은 의식을
위해 도살을 하러 떠나면서 매일 아침 아내와 자식
들에게 작별을 고했다. 그는 가족을 다시는 못 만
날 것처럼 울었다. 그의 친구가 그에게 이유를 물
었다. 그러자 그가 대답했다.

"나는 도살을 시작할 때 주님의 이름을 큰소
리로 불러. 도살을 마친 다음에는 '우리를 불쌍히
여겨 주소서.'라고 기도를 하지. 주님의 이름을 부
르고 난 후와 자비를 청하기 전, 그 사이에 주님
의 권능이 내게 어떤 일을 행하실지 아무도 모르
는 거잖아."

책 속에 머리를 묻고 책 쓰는 일에 잘 집중하
다 보면 글 쓰는 이는 다음에 무슨 내용이 올지 알

게 된다. 그러나 글이 계속 써지지 않는 경우가 있다. 일주일이나 한 달가량 매일 아침 글의 방에 들어가지만 그는 그것에 등을 돌리게 된다. 그렇다면 문제는 둘 중 하나이다. 구성이 두 갈래로 나뉘었기 때문에 서사나 논리가 머리카락처럼 갈라져서 가운데가 곧 끊어질 상황이거나, 치명적인 실수에 가까이 다가가고 있는 상황일 것이다. 글 쓰는 이가 계획했던 것이 뜻대로 이루어지지 않는 것이다. 그가 가던 길을 그대로 따라가게 되면 결국에는 책이 폭발하거나 무너지게 될 것이다. 그럼에도 불구하고 글 쓰는 이는 그런 사실을 아직 깨닫지 못한다.

사월의 어느 날 아침 코네티컷의 브리지포트에서 공사 중이던 6층짜리 콘크리트 건물이 무너졌다. 이 사고로 28명이 사망했다. 건물이 붕괴되기 직전 길 건너편에 살고 있던 한 여성이 창문 밖으로 몸을 내밀고 지나가는 사람에게 말했다.

"저 건물이 흔들거려요."

《하트퍼드 쿠랑》지에 따르면 그 행인은 이렇게 대꾸했다고 한다.

"아주머니, 돌았군요."

글 쓰는 이는 이것 한 가지만 주의하면 된다. 자신의 일꾼, 자신이 공들인 단 하나의 소중한 일꾼은 절대 그 일을 중단하려 하지 않을 것이다. 보스인 자신의 말조차 들으려 하지 않을 것이다. 일꾼은 오래 동안 그 일을 해왔기 때문에 조금만 낌새가 이상해도 그것을 금세 알아차린다. 구두 밑창을 통해 약간의 진동도 느낄 수 있다. 글 쓰는 이는 말도 안 되는 소리라고 말한다. 완벽하게 안전하다고. 그러나 일꾼은 꿈쩍도 하지 않는다. 그 자리를 보려고도 하지 않는다. 필시 속이 터져 심장병이 생긴 것이다. 저러느니 차라리 일하지 않고 굶어죽는 게 낫지. 유감이다.

어떻게 해야 할까? 먼저 아무것도 할 수 없다는 것을 인정하라. 이미 만들어진 구조를 펼쳐 놓고 갈라진 머리카락을 찾아 엑스레이 검사를 하라. 그리고 그것에 대해 일주일이나 일 년 동안 생각해 보라. 그리고 해결할 수 없는 문제를 해결하라. 아니면 일꾼이 멈춰 서 있는 다음 부분을 엄밀하게 검사하라. 그 속에 미처 살펴보지 못한 잘못된 전제가 숨어 있을 것이다. 반드시 필요한 뭔가가 틀렸거나 잘못돼 있을 것이다. 일단 잘못된 부분을 찾아서 인정할 수 있다면, 그것은 다시 시작할 수 있음을 의미한다. 바로 이런 이유 때문에 경험 많은 여러 작가들은 젊은이들에게 유용한 기술을 배우라고 촉구한다.

글 쓰는 이는 매일 아침 몇 개의 층계참을 올라 서재에 들어간다. 그는 두짝문을 열고 책상과 의자를 공중으로 밀쳐낸다. 책상과 의자는 단풍나무들 꼭대기 사이에서 9미터 상공에 떠 있다. 다른 가구는 가만히 제자리에 있다. 그는 커피 보온병을 가지러 서재로 돌아갔다가 약간 주춤하면서 다시 두짝문을 걸어 나와 의자에 앉아서 컴퓨터 너머를 살펴본다. 겨울에는 강까지 선명하게 보인다. 그는 커피를 한 잔 따른다.

새들이 그의 의자 밑으로 날아간다. 단풍나무 꼭대기에 나뭇잎이 자라는 봄에는 책상 바로 위 나무꼭대기 근처에서 시야가 끝난다. 노란 새들이 높은 가지 위에서 지저귀며 파리를 잡는다.

일을 시작하라. 글 쓰는 이가 해야 할 일은 그

와 책상이 공중에 계속 떠 있을 수 있도록 믿음이
라는 엔진 속에 들어 있는 속도 조절 바퀴를 돌려
서 기어를 돌리고 다음에는 벨트를 회전시키는 것
이다.

　책을 쓰는 것은 재미있고 신나는 일이다. 그
러나 매우 어렵고 복잡한 일이어서 글 쓰는 이는
그 일에 자신의 지성을 쏟아 부어야 한다. 그것은
가장 자유로운 상태의 삶이다. 작가로서의 자유는
거친 말을 쏟아낸다는 의미에서 표현의 자유를 의
미하는 것이 아니다. 자유롭게 말을 내뱉지 않을
수도 있다. 그러나 그렇게 해볼 수 있을 만큼 충분
히 운이 좋다면 그것은 가장 자유로운 상태의 삶
이다. 글 쓰는 이는 스스로 자료를 선택하고 임무
를 만들어서 스스로 속도를 조절할 수 있다. 민주
국가에서는 설사 잘못된 생각이라 하더라도 글 쓰
는 이 마음대로 정부나 기관에 대해 뭐든지 쓰고
출판할 수 있다.

　물론 이런 자유의 이면에는 글 쓰는 이의 작품

이 너무 무의미하고 그 자신만을 위한 것이며 세상에 전혀 가치 없는 것이어서, 그를 제외한 그 누구도 그가 글을 잘 썼는지, 아니면 그가 글을 썼다는 것 자체에 대해서조차 신경 쓰지 않는다는 사실이 있다. 글 쓰는 이는 마음대로 하루에 수천 개의 세심한 판단을 내릴 수 있다. 그의 자유는 매일매일 경험하는 사소함의 산물이다.

　다른 사람을 위해 일하고 두세 명의 상사들을 응대해야 하며, 상사들의 방식으로 일해야 하고 근무 시간 동안 상사들의 입장에서 일해야 하는 신발 판매원은 적어도 유용한 일을 하고 있다. 게다가 신발 판매원이 어느 날 아침 출근하지 않으면 누군가가 그것을 알아차리고 그가 없는 것을 아쉬워한다. 그러나 글 쓰는 이가 그렇게 많은 주의를 쏟아 붓는데도 불구하고 그의 원고에는 필요도, 소망도 들어 있지 않다. 글 쓰는 이를 전혀 알아보지 못한다. 어느 누구도 그의 원고를 필요로 하지 않는다. 모든 사람이 신발을 더 원한다.

　이미 많은 원고들이 있다. 훌륭한 원고들과 가장 유익하고 감동적인 원고들, 그리고 지적이고 강력한 원고들로 가득하다. 그렇다고 과연 『실낙

원』이 훌륭하다고 믿는다면 그것을 사겠는가? 세상을 구역질나게 만들 또 하나의 더 훌륭한 원고를 완성하느니 차라리 총으로 생을 마감하는 게 낫지 않을까?

꿀 나무를 찾으려면 먼저 벌을 찾아라. 벌의 다리들이 꽃가루로 무거울 때, 벌이 집에 돌아갈 준비가 됐을 때 벌을 잡으라. 꽃 위에 앉아 있는 벌을 잡는 것은 매우 간단하다. 벌 위쪽에 컵이나 유리컵을 거꾸로 들고 있다가 벌이 날아오르면 마분지 조각으로 컵을 막으면 된다. 벌을 근처의 공터로(높은 곳이 제일 좋다.) 가져가서 풀어준 다음 어디로 가는지 살펴보라. 벌이 보이지 않을 때까지 벌에서 시선을 떼지 말고 벌이 마지막으로 보였던 곳까지 서둘러 가라. 다른 벌이 보일 때까지 그곳에서 기다려라. 이제 그 다른 벌을 잡은 다음 놓아주고 살펴보라. 벌들이 가는 곳을 지켜보다 보면 마침내 마지막 벌이 꿀 나무에 들어가는 것이 보일 것이다. 헨리 데이비드 소로는 이

과정을 일기에 적어 놓았다. 그렇게 책은 작가를 이끌어 준다.

글 쓰는 이는 어떻게 시작할까? 그는 어떻게 첫 번째 벌을 잡을까? 무엇을 미끼로 쓸까?

글 쓰는 이에게는 선택의 여지가 없다. 그리 오래전의 일은 아니지만 북극에서 어느 추운 겨울에 알곤퀸의 한 여성이 겨울 캠프의 다른 사람들이 모두 굶어 죽은 후에도 아기와 함께 살아남았다. 어니스트 톰슨 시턴1860~1946, 미국 소설가이 전하는 이야기에 의하면, 그 여성은 모든 사람이 죽은 캠프에서 걸어 나왔다가 호숫가에서 땅굴을 발견했다. 그곳에는 작은 낚시가 들어 있었다. 낚싯줄을 매는 것은 간단했지만 미끼가 없었고 미끼를 찾을 희망도 없었다. 아기는 울어댔다. 그 여자는 칼을 꺼내서 자신의 허벅지를 떼어 냈다. 그녀는 자기 살을 미끼 삼아 낚시를 해서 창꼬치를 잡았다. 그녀는 그것을 아기에게 먹이고 자신도 먹었다. 물론 생선 내장은 남겨놓았다가 미끼로 썼다. 그녀는 호숫가에서 물고기를 잡아먹으면서 봄까지 혼자 살았다. 봄에 다시 걸어 나갈 수 있게 되자 그녀는 사람들을 찾아 나섰다. 시턴에게 이 이야기를 전해 준 사람은 그녀의 허벅지에 난 흉터를 직접 봤다고 한다.

글 쓰는 속도 때문에 속상해 하는 친구를 위로해 주고 싶으면 다음과 같은 이야기를 들려주라.

책 한 권을 쓰려면 몇 년이 걸린다. 2년에서 10년 정도가 걸린다. 그보다 적게 걸리는 경우는 희박해서 통계학적으로 별 의미가 없을 정도이다. 한 미국 작가는 60년에 걸쳐 훌륭한 작품을 열두 권 썼다. 그중 한 권은, 그것도 완벽한 소설을 석 달 만에 썼다. 그는 아직도 그것에 대해 놀라워하며 거의 속삭이듯 얘기하곤 한다. 그런 책들을 펴내게 해준 정령의 기분을 상하게 하고 싶은 사람이 어디 있겠는가?

윌리엄 포크너1897~1962, 미국 소설가는 『내가 죽어 누워 있을 때』를 6주 만에 썼다. 그는 하루 스무 시간씩 육체노동을 하면서 여가 시간에 소설을 끝냈다고 주장했다. 많은 사람들 속에서 이따금씩 백피증 환자나 암살자, 성자, 거인과 소인들이 나타

나는 것처럼 다른 대륙과 다른 세기에서 여러 예들을 끌어낼 수 있다. 하지만 전 세계 45억1980년대 주반. 옮긴이 인구 중에서 아마 스무 명 정도가 일 년에 한 권의 진지한 책을 쓸 수 있을 것이다.

어떤 사람은 차를 들어 올릴 수 있다. 어떤 사람은 일주일간 개썰매 경주에 참가할 수 있고, 통을 타고 나이아가라 폭포를 넘어갈 수도 있다. 어떤 사람은 비행기를 타고 개선문을 통과할 수 있다. 어떤 사람은 태어날 때 아무 통증을 느끼지 못한다. 어떤 사람은 차를 먹기도 한다. 그러나 극단적인 인간사를 기준으로 삼을 필요는 없다.

그레이엄 그린1904~1991, 영국 소설가은 소설을 쓰는데 "몇 년씩 걸리기 때문에 어린 시절에 소설을 시작했다가 노년에 이르러서야 그것을 마치는 것처럼, 소설을 쓰기 시작할 때의 작가와 책을 마칠 때의 작가가 달라질 수밖에 없다."라고 말했다. 존베리먼1914~1972, 미국 시인은 장시를 쓰는 데 5년에서 10년이 걸린다고 말했다.

토마스 만1875~1955, 독일 소설가은 창작의 귀재였다. 하루 종일 다른 일을 하면서 그는 하루에 한 쪽씩 글을 썼다. 날마다 한 쪽씩이면 일 년이면 365쪽이 된다. 상당한 분량의 책을 일 년에 한 권씩 쓴 것이다. 하루에 한 쪽을 씀으로써 그는 동서고금을 통해 가장 많은 작품을 써낸 작가 중 한 사람이 됐다. 귀스타브 플로베르1821~1880, 프랑스 소설가는 날마다 끔찍한 스트레스를 느끼며 꾸준히 글을 썼다. 25년 동안 그는 5년에서 7년마다 대작을 한 권씩 썼다.

전업 작가가 평균 5년마다 책을 한 권씩 쓴다면, 그것은 괜찮은 글을 일 년에 73쪽, 즉 하루에 5분의 1쪽을 쓴다는 것을 의미한다. 전기 작가들과 여러 논픽션 작가들이 자료를 수집하고 정리하는 데 걸리는 시간은 소설가들과 단편소설 작가들이 무형의 진실에 부합하는 견실한 세계를 만들어내는 데 걸리는 시간과 비슷하다. 작가가 하루에 서너 쪽을 쓸 수 있는 날도 많고 써 놓은 것을 쓰레기통에 던져 버려야겠다고 생각하는 날도 많다.

이런 사실들은 글이 안 써져서 괴로워하는 사람들에게 위안이 된다. 그렇다고 해서 빨리 쓴 책이 더 형편없다는 것은 결코 아니다. 보통의 느린 속도로 글을 쓴다고 자신을 탓하는 짓은 하지 말라는 말이다.

옥타비오 파스1914~1998, 멕시코 시인는, 잠자는 동안 문 앞에 "시인은 일하는 중입니다."라는 팻말을 걸어두곤 했던 생폴루1861~1940, 프랑스 시인를 예로 든다.

일 년 중 어느 한 계절에 글을 더 잘 쓸 수 있다는 생각에 새뮤얼 존슨1709~1784, 영국 시인은 "사치에서 생겨난 상상력"이라는 이름을 붙였다. 쓸데없는 상상력을 만들어내는 또 다른 사치로는 작품에 대한 작가 자신의 느낌이 있다. 진척 중인 작품에 대한 작가의 평가와 그 작품의 실제 수준 사이에는 비례 관계도, 반비례 관계도 없다. 작품이 훌륭하다는 느낌과 작품이 혐오스럽다는 느낌 모두 쫓아내거나 무시하거나 죽여야 할 모기 같은 것이다. 절대 빠져들어서는 안 되는 느낌이다.

산문 작품을 진척시키면서 그것을 완벽하게

만들어야 하는, 즉 다음 문장을 쌓기 전에 각 문장을 확고하게 다져야 하는 이유는 글의 첫 부분에 의해 형태가 만들어지기 때문이다. 그것은 무無로 퍼져 나간다. 그것은 세포에서 세포로, 몸통에서 가지로, 잔가지에서 잎으로 자란다. 신중한 단어 하나가 길을 제시할 수 있고, 한 단어에 의해 많은 것이나 모든 것이 전개될 수 있는 한 가닥의 은유나 사건이 시작될 수 있다. 첫 단어부터 마지막 단어까지 글을 쓰면서 조금씩 작품을 완성시키는 것에서 이런 방법이 불러일으키는 용기와 두려움이 드러난다.

알베르토 자코메티1901~1966, 스위스 조각가 연필처럼 뾰족한 조각 작품을 통해 정확함과 정직함을 찾는 것처럼 긴장은 작품에 활력을 불어넣고 가장 진실한 결말을 향해 나아가도록 채찍질한다. 아무리 적은 양이라 해도 이미 써 놓은 훌륭한 글은 작가에게 계속 희망을 공급한다. 자긍심은 그에게 용기를 주고 앞으로 나아가게 한다.

워싱턴의 한 작가 찰리 버츠는 추진력을 매우 중요하게 여긴 반면 자의식을 무척 두려워했다. 그는 일부러 급한 상황을 만든 다음 서둘러 소설을 썼다. 다른 볼일을 보러 집을 나갔다가 서둘러 뮤을 열고 들어와서는 이투두 벗지 않은 채 타자기 앞에 앉아서 눈 깜짝 할 사이에 그 동안 써 놓은 글을 전부 다시 타이핑했다. 그러면 추진력에 사로잡혀서 쓰고 있던 글에 자기도 모르는 사이에 한두 문장을 덧붙였다. 그는 타이핑을 멈춘 다음 집을 떠났다가 다시 그 과정을 반복했다. 그는 현관문으로 뛰어 들어와서는 새로운 문장을 하나 짜낼 수 있기를 희망하면서 이야기를 전부 다시 타이핑했다. 마치 시동이 꺼진 후에도 돌아가는 자동차 엔진이나, 계속 달리다가 절벽 가장자리를 몇 야드 지나고 나서야 그 사실을 깨닫는 워너브라더스 만화영화 속 와일 E. 코요테「루니 튠스」의 캐릭터처럼.

작품이 진척되는 동안 작품이 완성될 수 없는 이유는 부수적으로 작품의 첫 부분이 작품의 진척 과정에 따라서만 그 진정한 모습을 찾아가는 형태를 취하기 때문이다. 그래서 처음에 써 놓은 글은 광채가 아무리 좋다 해도 쓸모가 없다. 전체 작품의 맥락 속에서 한 문장의 역할이 분명해지는 경우에만 작품을 그려가는 작가는 작품의 목적을 강화시키는 복잡한 세부 사항을 조절할 수 있다.

자신이 만들어낸 캐릭터들(강력한 악당들, 도 대체 신은 저것들을 안 잡아가고 뭐하는 거야?)이 '모든 것을 차지한' 것 때문에 무력하게 두 손을 든 소설가들은, 내부로부터 혼란을 야기하는 제5 열적과 내통하여 국내에서 파괴 행위를 하는 일단의 사람들. 옮긴이 캐릭터들이 작품 속에 등장하건 말건, 진지한 작 업을 훼방하는 이런 구조적 미스터리들을 탓한다. 때로는 책의 일부가 그냥 일어나서 걸어 나가 버린 다. 작가는 그것을 다시 붙잡아서 앉힐 수가 없다. 그것은 그냥 방황하고 돌아다니다 죽어 버린다.

그것은 흔하면서도 놀라운 불가사리와 비슷 하다. 불가사리에게는 여러 개의 팔이 있다. 무슨 이유에선지 불가사리는 이따금 스스로 팔을 잘라 낸다. 팔 중 하나가 자신을 비틀어 떨어져나가 버 린다. S. P. 몽크스 박사는 바위투성이 태평양 해 안에 사는 불가사리 종을 다음과 같이 묘사했다.

"파타리아 종은…… 어떤 자극에 의해서이건 항상 자신을 잘라내는 것 같다. 그들은 상황이 바 뀌면 몸을 잘라낸다. 어느 때는 단지 속에 넣어진 후 몇 시간 이내에 몸을 잘라내기도 한다.…… 어 떤 자극에 의해서이건 이 동물은 몸을 잘라낼 수 있고, 잘라낸다.…… 대개 불가사리는 몸의 주요 부분을 고정시킨 채 움직이지도 않고, 팔 모양의 발들을 떨어져 나가는 팔 쪽에 붙인다. 그러고 나면 이 팔이 몸과 직각으로 천천히 걸어 나가서는 자세를 바꾸고 비틀면서 단절에 필요한 온갖 적극적인 노력을 기울인다."

해양 생물학자인 에드 리케츠는 이것에 대해 다음과 같이 말했다.

"고의적으로 자신의 몸을 잘라내는 동물에게서 우리는 특별한 것의 극지를 보게 된다."

글로 쓰인 단어는 무기력하다. 많은 사람들이 그보다 생생한 삶을 선호한다. 생생한 삶은 피를 돌게 하고 좋은 냄새가 난다. 글은 그저 글일 뿐이고 문학 역시 글일 뿐이다. 글은 가장 미묘한 감각들(상상력의 시각, 상상력의 청각)과 도덕적 인식, 지성에만 호소한다. 글 쓰는 이가 하는 일, 그를 흥분시키고 즐겁게 해주는 이런 글쓰기는 다른 사람에게는 거의 느껴지지 않는다. 독자는 요란하고

생생한 삶의 소리부터 글의 미묘한 가상의 소리에 이르기까지 그 소리에 귀를 맞춰야 한다. 그러나 책을 집어드는 보통 독자는 아무 소리도 듣지 못한다. 글의 억양과 고저, 큰 소리와 부드러운 소리를 들으려면 반 시간 정도는 있어야 한다.

재미있는 곤충 실험에 의하면, 수컷 나비는 몸동작이 큰 채색된 종이 나비가 있으면 살아 있는 암컷 나비를 무시한다고 한다. 종이 나비가 수컷 자신뿐만 아니라 어떤 암컷 나비보다도 몸집이 더 큰 경우에 그렇다. 수컷 나비는 종잇조각을 계속해서 뛰어넘는다. 가까이에 있는 진짜 살아 있는 암컷 나비가 날갯짓을 한다 해도 소용이 없다.

영화와 텔레비전 역시 몸의 오감을 크게 자극한다. 270센티미터 높이의 잘생긴 얼굴과 90센티미터 너비의 미소는 매력적이다. 성큼성큼 다가오는 멋진 남자의 긴 다리를 보라. 음악이 일조한다. 움직이는 밝은 스크린이 뇌를 가득 메운다. 녹화된 자동차 추격전은 어떤가? 그런 것을 외면할 수 있을까? 보지 않으려고 노력해 보라. 자신이 조종당하고 있다는 것을 안다 해도 채색된 종이 나비에게 끌리는 수컷 나비처럼 우리는 여전히 무기력하다.

그것이 영화다. 그것이 영화의 기반이다, 인쇄된 글은 영화와 겨룰 수 없다. 그리고 그래서도 안 된다. 말이 바닥날 때까지 글은 아름다운 얼굴이나 자동차 추격전, 혹은 말 탄 인디언들로 가득한 계곡을 묘사할 수 있다. 그래도 영화의 스펙터클을 따라갈 수는 없다. 영화로 찍을 것을 염두에 두고 쓴 소설에서는 희미하지만 놓칠 수 없는 파멸의 냄새가 난다. 텍스트 속에서 독자에게 작가의 여러 농기를 눈치 챌 수 있게 해주는 것이 무엇인지 정확하게 꼬집어 말할 수는 없다. 몇몇 책 속에서 독자를 점점 더 불쾌하게 만들다가 결국에는 생쥐 냄새 때문에 책장을 덮어 버리게 만드는 문장이 어느 것인지 구체적으로 밝힐 수는 없다. 그런 책은 책이라는 것 자체가 불편해 보인다. 그런 책은 어느 순간에라도 가면을 벗어던지고 스크린 속으로 뛰어들 것처럼 보인다.

왜 사람들은 스크린에서 큰 사람들이 움직이는 것을 보는 대신 책을 읽으려고 하는가? 그것은 책이 문학이 될 수 있기 때문이다. 책은 미묘한 것, (영화 같은 것에 비해) 빈약하고 한심한 것이지만 우리 자신의 것이다. 책이 문학적이면 문학적일수록, 즉 더 순수하게 구어적이고 정교한 문장일수록, 그리고 상상력이 더 풍부하고 더 사리에 맞으며 더 심오할수록, 사람들은 그것을 더 많이 읽는 것 같다. 책을 읽는 사람들은 문학이 어떤 것이건 상관없이 문학을 좋아하는 사람들이다. 그들은 책만이 가지고 있는 것을 좋아하고, 그것을 필요로 한다. 저녁에 영화를 보고 싶으면 사람들은 영화를 보러 간다. 책을 읽고 싶지 않으면 책을 읽지 않는다. 텔레비전 켜는 것도 귀찮아할 정도로 게을러서 사람들이 책을 읽는 것이 아니다. 그들은 책을 선호한다. 아예 책을 읽지 않는 사람들에게 호소하기 위해 책을 쓰느라 몇 년씩 고생하는 것보다 더 한심한 일이 있을까?

글 쓰는 이는 지붕 너머를 바라보거나 구름 너머를 바라볼 수 있을 때까지 긴 사다리를 오른다. 그는 책을 쓰고 있다. 신발 신은 발이 한 번에 하나씩 둥근 발디딤대를 딛는다. 그는 서두르지도, 쉬지도 않는다. 그의 발은 가파른 사다리의 균형을 느끼다 허벅지의 긴 근육이 사다리의 동요를 막는다. 그는 어둠 속에서 할 일을 하며 꾸준히 오른다. 끝에 도달하면 더 이상 오를 곳이 없다. 햇빛이 그에게 쏟아진다. 밝고 광활한 광경에 그는 놀란다. 끝이 있다는 사실을 그가 잊어버리고 있었던 것이다. 멀리 아래쪽 풀밭 위에 놓인 사다리의 두 발을 내려다보면서 그는 기겁한다.

단어들의 줄이 글 쓰는 이의 심장을 만진다. 그것은 대동맥에 침투해서 숨결의 물결을 타고 심장에 들어간 다음 두꺼운 판막의 꿈틀대는 가장자리를 누른다. 그것은 말처럼 강한 거무스름한 근육을 만지면서 무엇인지도 모르는 뭔가를 슬퍼한다. 이상한 그림이 포낭에 싸인 벌레처럼 근육 속에 자리 잡고 있다. 어떤 흐릿한 감정, 어떤 잊힌 노래, 깜깜한 침실에서의 한 장면, 숲의 한 모퉁이, 끔찍한 식당 방, 그 활기찬 보도. 이런 파편들에 의미가 충만하다.

단어들의 줄이 그것들의 껍질을 벗겨내고 해부한다. 벌거 벗겨진 조직이 타 버릴까? 글 쓰는 이는 이런 장면들을 빛에 노출시키고 싶어 할까? 그는 그것들을 찾아내서 그대로 내버려 둘 수도 있고, 아니면 그곳을 찔러 피 묻은 손가락으로 글을 쓸 수도 있다. 상처가 치명적일 정도로 심각하지 않다면, 점점 커져서 다른 것을 방해하지 않는다면, 심장이 그것을 다시 흡수할 때까지 그는 그 상처의 힘을 여러 해 동안 사용할 수 있다.

2

나는 어디에서 글을 쓰는가?

아무것도 섞이지 않고 죽음과 타락, 때와 헛됨을 없앤
순수한 미 자체를 인간이 볼 수 있다면,
변치 않고 신성한 미 자체를 볼 수 있다면,
그 교류를 통해 신의 친구가 됨으로써
그 자신이 불멸의 존재가 된다.……
그런 삶에 끌리지 않을 수 있을까?

플라톤

2

　　나는 이 글을 최근에 장만한 케이프 코드의 소나무 헛간 서재에서 쓰고 있다. 서재 내부의 소나무 목재에는 마무리 칠이 안 돼 있지만 밖에 서 있는 소나무들은 그 자체로 완전한 나무들이다. 두 개의 창문 너머로 소나무들이 보인다. 동고비동고비과의 새가 길고 거친 소나무 몸통을 감고 있다. 유월에는 새 떼들이 소나무들 사이를 날아다닌다. 나는 새들의 노래 소리에 이끌려 문 밖으로 나가 본다. 새들이 뻣뻣한 소나무 가지 사이로 뿔뿔이 흩어져서 날아다니고 있다. 나는 나무들 사이에 나 있는 가늘고 긴 풀을 헤치며 새들을 따라가 본다.

원래 연장 창고였던 이 서재는 가로 240센티미터에 세로 3미터이다. 서재에는 비행기 조종석처럼 첨단 기기들이 빼곡하게 자리 잡고 있다. 고도계만 있으면 완전히 비행기 조종석이다. 내가 어디에 있는지 전혀 알 수가 없다. 컴퓨터와 프린터, 복사기가 있다. 무릎 꿇고 앉는 기도대인 등받이 없는 의자는 책상 밑에서 굴러다닌다. 책상 앞에서 일어설 때마다 나는 그것을 발로 한 번씩 찬다. 에어컨과 히터, 전기 주전자가 있다. 평범한 책장 선반에는 갈매기 뼈와 고래 뼈가 놓여 있고 침대가 있다. 침대 밑에는 페인트 통들이 있다. 창틀을 칠할 1파인트짜리 노란색 페인트 통 하나와 유화물감 튜브 대여섯 개가 굴러다닌다. 서재는 한 사람이 책을 쓰기에 충분한 공간이다. 책을 읽는 데는 관 정도의 공간이면 충분하다. 잔디 깎는 기계와 삽을 넣어둘 수 있는 연장 창고 크기의 공간이면 그곳에서 충분히 글을 쓸 수 있다.

나는 매일 아침 걸어서 서재로 온다. 후미진 소금 늪지 위로 높이 솟은 모래 언덕에 서재와 소나무들, 근처의 낡은 여름 별장들과 북쪽의 새 농장이 나타난다. 모래 언덕의 가장자리에 다가가면 너벅선과 돛배를 타고 양식장에서 일하는 굴 양식업자들이 보인다. 나는 모래 언덕 꼭대기에 서서 몸을 녹이다가 소나무 밑을 걸어서 서재에 들어간 다음 걸쇠가 걸리도록 문을 꽝 닫는다. 한동안 아무것도 보이지가 않는다. 눈앞의 녹색 반점이 어두운 곳에 있는 다른 모든 것보다 더 강하게 빛난다. 나는 침대에 누워 갈매기 뼈가 보일 때까지 그것을 가지고 논다.

멋진 작업장은 반드시 피해야 한다. 어둠 속에서 상상력이 기억을 만날 수 있도록 밖이 전혀 보이지 않는 방을 원하는 사람도 있다. 7년 전에 이 서재를 꾸밀 때 나는 창밖을 내다볼 수 없도록 긴 책상을 창문이 없는 벽에 배치했다. 그보다 앞선 15년 전에는 주차장 위의 콘크리트 벽돌 방에서 글을 썼다. 그곳에서는 타르를 바르고 자갈로 덮은 지붕이 내려다 보였다. 이 소나무 헛간은 그때의 콘크리트 벽돌 방만큼 후줄근하지만 그런대로 쓸 만하다.

아프리카 서부에는 "지혜는 집을 가지는 것에서 시작된다."라는 속담이 있다.

나는 버지니아 주 로아노크에서 여름밤에 『팅커 크릭 순례』^{한국어판 제목은 『자연의 지혜』}의 후반부를 썼다. (전반부는 봄에 집에서 썼다.) 언젠가는 그 시절을 목가적으로 회상할 날이 올 것이라고 처량하게 생각했었다. 그 당시의 고생을 절대 잊지 말자는 다짐도 했었다. 그러나 이제는 그때 고생한 것은 다 잊어버리고 그 시절을 목가적으로 회상한다.

나는 정오까지 잠을 잤다. 나처럼 글을 쓰던 남편도 그랬다. 나는 오후에 한참 동안 글을 쓴 다음 이른 저녁을 먹고 산책을 마친 후 다시 글을 썼다. 그때 몇 달 동안 내가 먹은 것은 저녁 식사와 커피, 콜라와 초콜릿 우유, 밴티지 상표 담배뿐이었다. 자정이나 새벽 한두 시까지 일한 다음 한밤중에 집에 돌아오면 피곤했다. 나를 안고 얼러줄 집채만큼 큰 거인이 있었으면 좋겠다는 생각이 간절했다. 피곤에 지치면 누군가가 날 달래주고 진정시켜 줬으면 좋겠다는, 거의 환각에 가까운 소망이 물밀듯이 밀려들었다. 심지어 이야기를 나누거나 책을 읽고 있을 때에도 그런 소망이 문득문득 떠올랐다.

홀린스 대학 도서관 2층에 내 방(개인 열람실)이 있었다. 바로 이 방에서 타르를 바르고 자갈로 덮은 지붕이 내려다보였다. 왼쪽 통유리 창문으로 지붕과 주차장, 카빈 크릭 지역의 일부와 복잡한 버지니아 하늘이 보였다. 멀리 언덕에는 여섯 마리의 암소가 빨간 삼목 아래 무너진 집터 주변에서 풀을 뜯고 있었다.

책상 앞에 앉아서 나는 계속 밖을 내다봤다. 내가 아는 재미있는 사람들이 주차장으로 차를 몰고 들어와서 주차한 다음 차에서 내렸다. 암소들이 이제는 언덕 위로 올라가 있었다. (암소들의 모습이 재미있어서 나는 암소들을 그려 봤다. 암소 등이 2인용 텐트처럼 머리에서부터 사슬 모양으로 만곡을 이루고 있었다.) 창문 바로 밖의 평평한 지붕 위에서는 참새들이 자갈을 쪼고 있었다. 참새 한 마리는 다리가 한 개뿐이었다. 들판 가장자리로는 시냇물이 흐르고 있었다. 먼 거리였음에도 불구하고 시냇물 속에서 사향뒤쥐와 거북이가 보였다. 딱 소리를 내는 거북이가 보이면 나는 아래층으로 뛰어 내려가서 도서관 밖으로 나가 거북이를 관찰하거나 찔러봤다.

어느 날 오후에 나는 창문과 창문 너머로 보이는 풍경을 펜으로 그렸다. 창문의 알루미늄 새시와 강철 구조를 그린 다음 구름도 집어넣고 멀리 무너진 집터와 암소들이 돌아다니는 언덕도 그려 넣었다. 주차장과 줄지어 서 있는 높은 수은등의 윤곽도 그려 넣었다. 자동차와 앞에 보이는 자갈 깔린 지붕도 그려 넣었다.

고개를 쭉 빼고 보면 아래쪽으로 잔디 깔린 운동장이 보였다. 어느 날 오후에 운동장을 살펴보다가 소프트볼 게임을 하고 있는 아이들의 모습을 보게 됐다. 방에 야구 글러브가 있었기 때문에 나는 같이 경기를 하는 것이 도리라고 생각했다. 운동장에 나간 나는 2주 동안 캠퍼스에서 음악 캠프가 열리고 있다는 사실을 알았다. 소프트볼을 하고 있던 남자아이들은 음악 신동들이었다. 소프트볼은 잘 못했지만 그들의 재잘거림은 큰 즐거

움이었다.

"좋아, 맥도널드. 그 피치카토는 너한테 별로 도움이 안 될 것 같은데."

한 아이가 타석에 들어서자 아이들이 야유를 보냈다. 소프트볼을 전혀 못하는 것보다는 나았기 때문에 나는 매일 2루수로 아이들과 소프트볼을 했다. 그러다가 혹시라도 내가 1루나 홈으로 공을 던지다가 신동의 손가락을 부서뜨릴지도 모른다는 생각을 하게 되자 아찔해졌다.

그 후 나는 블라인드를 내리고 다시는 올리지 않았다. 약간의 틈새도 생기지 않도록 블라인드의 각을 수직으로 조절했다. 그런 다음 그 위에 내가 그린 그림을 붙였다. 창문으로 보이는 풍경과 암소들, 주차장과 언덕, 하늘이 그려진 그림이었다. 세상을 느끼고 싶으면 윤곽 그림을 볼 수 있었다. 만약 내게 재주가 있었다면 내려진 블라인드 위에 블라인드로 가리고 있는 모든 풍경을 대신할 수 있는 실물 같은 그림을 정교하게 여러 색을 써서 직접 그렸을 것이다. 대신 나는 그것을 글로 썼다.

7월 4일에 남편과 친구들은 차를 타고 로아노크 시내로 불꽃놀이를 하러 갔다. 일을 하고 싶었던 나는 간청을 해서 빠졌다. 열심히 작업을 하고 있었음에도 불구하고 당시에는 충분히 열심히 하고 있다는 생각이 들지 않았다. (몇 주에 한 장章을 끝냈다.) 나는 글 쓰는 속도가 너무 느리다고 자책했다. 미소 짓는 천사들이 펼쳐들고 있는 책을 베끼는 것처럼 글귀가 쉽게 떠오르는 것처럼 보일 때조차도 원고에는 고생한 일상적인 흔적들, 즉 핏자국, 이빨 자국, 베인 자국과 탄 자국이 보였다.

여느 때처럼 이날 밤에도 나는 해질 무렵에 도서관에 들어갔다. 건물은 잠겨 있었고 어두웠다. 나는 도서관 열쇠를 가지고 있었다. 매일 밤 어두운 도서관 안으로 들어가서 계단을 오른 다음 높은 서가 사이에서 길을 찾아 내 방문을 열고 들어가 불을 켰다. 통로를 따라 내 방까지 가려면 어둠 속에서 몇 개의 서가를 손으로 만져봐야 하는지 기억해 뒀다가 물을 한 잔 마시러 나갈 때에도 방을 찾기 위해서 다시 손으로 서가를 더듬으며 숫자를 세야 했다. 한 번은 밝은 낮에 서가 귀퉁이에 꽂힌 책을 보게 됐다. 매일 밤 내가 손으로 만진 책인 것 같았다. 그 책은 헬렌 켈러1880~1968의 『내가 살고 있는 세상』이었다. 나는 그것을 다시 읽으며 강렬하고 독창적인 글에 경탄했다.

방 안의 전등을 켜면 모든 것이 한눈에 들어왔다. 노란색 콘크리트 벽돌 벽으로 된 휑뎅그렁한 방과 쭉 내려진 블라인드, 그 위에 붙여진 내 그림, 인덱스카드 위에 붙여진 두세 개의 인용문, 멀리 테이블 위에 항상 바뀌어 놓이는 책들, 야구 글러브, 땅콩 초콜릿이 든 노란 봉지. 긴 아맛빛 책상과 의자, 책상 위에 놓인 여러 색깔의 펜 한 다스, 바깥쪽으로 벌어진 파일들 속에 들어 있는 커다란 몇 장의 인덱스카드, 지저분한 노란색 메모 노트들. 책상 위를 바라보자마자 해야 할 일, 즉 장과 그 장의 문제점들 그리고 그 장에 쓰일 문구와 요점들이 떠올랐다.

그날 밤 나는 그 장에 집중하고 있었다. 내 의식의 영역은 노란색 불빛이 방 안에 만들어낸 좁은 원으로 한정됐다. 그것은 거대하고 어두운 도서관에 켜진 유일한 불빛이었다. 나는 책상 위로 몸을 숙이고 손으로 글을 썼다. 메모 노트 가장자리에 미친 듯이 낙서를 했고 인덱스카드를 만지작거렸다. 한 문장을 백 번쯤 다시 읽었고 그 문장을 남겨두는 경우에는 일고여덟 번을 고쳤다. 거의 다시 쓰는 경우가 태반이었다.

그때 풍뎅이 한 마리가 창문을 두드렸다. 한 문장을 가지고 씨름하고 있던 나는 열두 번쯤 그 소리가 들리고 나서야 겨우 그것을 깨달았다. 벌레 한 마리가 반 시간 정도 내 창문에 노크를 하고 있었다. 탕 하는 공허한 소리였다. 어떤 사람들은 더듬거리는 이 무거운 곤충을 "메이 비틀May beetle"이라 부른다. 블라인드 사이로 새나간 얼마 되지 않는 내 방 불빛에 풍뎅이가 끌린 것 같았다. 나는 풍뎅이를 싫어한다. 다시 일을 하고 있는데 노크 소리가 두 번 들려왔다. 도대체 어떤 괴물 같은 뚱뚱한 갈색 풍뎅이가 2층까지 날아와서 마치 방에 들어오길 바라는 것처럼 창문에 그렇게 고집스럽게 부딪히는 것일까? 나는 아무 생각 없이 손가락으로 블라인드 자락을 들어올리고 밖을 내다봤다.

멀리서 불꽃놀이가 벌어지고 있었다. 그 날이

7월 4일 독립기념일임을 내가 잊고 있었던 것이다. 빨강, 노랑, 파랑, 녹색, 흰색의 불꽃이 몇 마일 떨어진 검은 하늘 높이 피어났다. 불꽃은 별처럼 아득했지만 불꽃이 피어나면서 만들어내는 폭죽 터지는 소리가 희미하게 들려왔다. 하늘 멀리서 조용히 넓게 퍼졌다가 쏟아지는 색의 향연과 소리가 일치하지 않았다. 독립기념일이었음에도 불구하고 나는 광활한 우주와 역사적 시간을 모두 잊어버리고 있었다. 눈꺼풀을 치켜 올리듯이 블라인드를 열자 모든 것이 내게 한순간에 물밀듯이 밀려들어왔다. 맞다. 세상이 밀려 들어왔다.

나는 스케줄에 대한 조사를 하고 있었다. 우리는 물리학을 공부할 때도 가장 작은 미립자에 대해 알아본다. 그렇다면 나는 오늘 아침에 뭘 하지? 물론 하루를 어떻게 보내는가라는 문제는 우리의 삶을 어떻게 보내는가라는 문제를 의미한다. 이 시간에 우리가 처리하는 일이 곧 우리가 하고 사는 일이다. 스케줄은 혼란과 변덕을 막아주며, 하루

하루를 잡는 그물이다. 그것은 일꾼이 구획된 시간에 두 손으로 일히며 딛고 서 있는 발판이다. 스케줄은, 의지에 의해 결정되고 날조돼서 존재하게 된, 이성과 질서의 모형이다. 그것은 시간의 난파선 위에 들여온 정박지이자 수십 년 후에 여전히 살아 있는 우리 자신을 발견할 구명정이다. 매일이 똑같다. 그래서 우리는 그 이후의 연속을 희미하지만 강력한 패턴으로 기억한다.

내가 알고 있는 가장 매력적인 스케줄은 19세기 말경 덴마크에 살았던 한 귀족의 스케줄이다. 그는 네시에 일어나서 멧닭과 큰 뇌조, 누른도요, 도요새를 사냥하러 나갔다. 열한시에는 친구들을 만났다. 그 친구들 역시 아침 내내 홀로 사냥을 했다. 그들은 '졸졸 흐르는 시내에서' 만났다고 한다. 그는 나머지 스케줄을 다음과 같이 설명했다.

"재빨리 몸을 씻고 슈납스독한 증류주. 옮긴이에 샌드위치를 먹으며 휴식을 취한 다음 누워서 담배를 피운다. 다음에는 낮잠을 자거나 그냥 쉰다. 일어나서는 세시까지 잡담을 나눈다. 해가 질 때까지 사냥을 조금 하고 다시 목욕을 한 다음 하얀색 타이와 연미복을 갖춰 입고 거하게 저녁 식사를 한다. 다음에는 담배를 한 대 피우고 해가 떠서 다시 동쪽 하늘이 붉어질 때까지 푹 잔다. 이것이 사는 것이다······ 이보다 더 완벽할 수 있을까?"

좋은 날은 얼마든지 있을 수 있다. 그러나 훌륭한 생활은 하기 힘들다. 감각으로만 경험한 좋은 날들로 이루어진 삶은 충분하지 않다. 감각의 삶은 탐욕의 삶이다. 감각의 삶은 더 많은 것을 요구한다. 반면에 영혼의 삶은 더 적은 것을 요구한다. 시간은 풍요롭고 그 흐름은 달콤하다. 책을 읽으면서 보내는 하루를 좋은 날이라고 부를 사람이 누가 있겠는가? 그러나 책을 읽으면서 보내는 삶은 훌륭한 삶이다. 십 년, 이십 년 동안 과거의 다른 날과 거의 똑같은 날은 결코 좋은 날이 아니다.

월리스 스티븐스1879~1955, 미국 시인는 사십대에 코네티컷 주의 하트퍼드에 살면서 생산적인 일상을 고수했다. 그는 여섯시에 일어나서 두 시간 동안 책을 읽은 다음 한 시간 동안 3마일을 걸어서 일하러 갔다. 비서에게 시를 구술한 다음 점심은 먹지 않은 채 정오에 다시 한 시간을 걸어서 미술 화랑에 갔다. 그는 사무실에서 집까지 다시 한 시간을 걸었다. 저녁 식사 후에는 서재에 파묻혀 있다가 아홉시에 잠자리에 들었다. 일요일에는 공원에 시 산책을 했다. 토요일에 뭘 했는지는 모르겠다. 어쩌면 10센트 동전에 새겨진 자유의 여신상의 모델이 됐던 아내와 몇 마디 이야기를 나눴는지도 모른다. (사람들은 이런 사람의 아내가 되느니 차라리 이런 사람에 대한 글을 읽거나 각자 자기 식대로 살아가는 것을 택할지도 모른다. 덴마크 귀족 빌헬름 디네센이 하루 종일 총으로 새를 잡고 슈납스를 마시고 낮잠을 자고 저녁 식사를 위해 정장을 차려입었을 때 스티븐스와 그의 아내는 아이를 세 명 낳았다.)

스티븐스처럼 오시프 만델스탐[1891~1938, 소련 시인]도 걸으면서 시를 썼다. 단테도 마찬가지였다. 랠프 월도 에머슨[1803~1882, 미국 시인]처럼 니체도 하루에 두 번 오래 동안 산책을 했다.

"내 상상력의 에너지가 가장 자유롭게 흐르고 있을 때 내 근육 활동이 가장 왕성했다.…… 내 모습은 종종 춤추고 있는 것처럼 보였을 것이다. 나는 눈곱만큼도 피곤함을 느끼지 않은 채 일고여덟 시간을 쉬지 않고 거뜬하게 산속을 걸어 다니곤 했다. 나는 잠을 잘 잤고 많이 웃었다. 매우 혈기왕성

했고 끈기가 있었다."

반면에 앨프리드 하우스먼1859~1936, 영국 시인은 다음과 같이 주장했다.

"나는 건강이 나빠지는 경우가 아니면 시를 거의 쓰지 않았다."

이것도 일리 있는 말이다. 책을 쓰는 동안 글 쓰는 이는 너무나 건강해질 수 있기 때문이다.

잭 런던1876~1916, 미국 소설가은 하루에 스무 시간 씩 글을 썼다고 주장했다. 글 쓰는 일을 시작하기 전에 그는 캘리포니아 주의 강의 목록과 강의 계 획서를 몽땅 구한 다음 일 년 동안 철학과 문학 교 재를 읽었다. 그러고 나서 책 쓰는 일에 착수한 다 음에는 잠을 네 시간만 자도록 자명종을 맞춰 뒀 다. 간혹 자명종 소리를 무시하고 계속 잠을 자는 일이 생기자 그는 무거운 물건이 머리 위로 떨어지 는 장치를 만들었다고 한다. 『베도라치』 같은 소 설은 무거운 물건이 그의 머리에 얼마나 자주 떨어 졌는지를 보여주는 강력한 증거이긴 하지만 나는 이 말을 믿지는 않는다. 그런 장치의 공로를 인정 해 달라고 요구하는 사람은 없을 것이다. 잭 런던 은 모든 작가에게 기술과 경험, 철학적 입장이 필

요하다고 주장했다. 그 입장이 완벽한 것일 필요
는 없다. 런던 자신은 카를 마르크스와 허버트 스
펜서1820~1903, 영국 철학자의 이상한 결합(막스 & 스펜
서)에 대해 편안함을 느꼈다.

버지니아에서는 저녁에 일하는 습관이 책에
영향을 끼쳤다. 그것은 일몰로 가득한 자연주의
책이었다. 그런데 새벽과 심지어 아침조차 완전히
결여돼 있었다.

나는 주로 하시디즘에 대한 책을 읽고 있었다.
백 일 밤 동안 깨어 있으면 엘리야성서 속 예언자. 옮긴이
의 예언, 즉 신의 계시 그리고 지진과 모든 것을 보
게 된다고 한다. 엘리야의 예언이 곧 나타날 것처
럼 보였지만 나는 그런 것을 갈망하지는 않았다.
나는 오히려 다음과 같은 것이 더 좋았다.

"전하는 말에 의하면 율법학자 '니콜스부르
그의 슈멜케'는 스승인 메즈리치가 어떤 생각을
설교할 때 그것을 끝까지 들어본 적이 없었다고
한다. 스승이 '그리고 주님이 말씀하시길'이라고

말하자마자 슈멜케는 놀라워하면서 '주님이 말씀하시길, 주님이 말씀하시길'이라고 소리치기 시작했다. 그는 계속 소리를 질러대다가 결국에는 방에서 들려 나갔다."

매일 밤 내가 작업했던 도서관 2층에는 희귀본실이 있었다. 넓은 그 방에는 양탄자가 깔려 있었고 장식이 잘 돼 있었다. 작은 탁자 위에는 장식용처럼 나무 체스 세트가 놓여 있었다.

어느 날 밤 글을 쓰다 해결할 수 없는 문제에 봉착한 나는 머리를 식힐 겸 어두운 도서관을 서성거렸다. 희귀본실의 전등을 켜고 책을 둘러보던 나는 체스 세트를 보고 화이트 왕의 졸폰을 움직인 다음 불을 끄고 다시 내 방으로 돌아왔다.

며칠 후에 희귀본실을 들여다보던 나는 안으로 걸어 들어갔다. 블랙 여왕의 졸이 옮겨져 있었다. 나는 기사나이트를 옮겼다.

매일 나의 보이지 않는 적이 움직였다. 나도 움직였다. 희귀본실 근처에서 어느 누구도 본 적이 없었다. 방학 중이라 거의 아무도 얼씬거리지 않았다. 밤늦게 야간 경비가 어둠 속에서 아래층을 절거덕거리며 걷는 소리가 들려왔다. 그러나 경비는 위층으로 올라온 적이 없었다. 위층에는 나 말고 아무도 없었다.

체스 게임이 시작되고 나서 열흘이 됐을 때 희귀본실에 들어갔더니 블랙 말들이 카펫 위에서 앞쪽을 향해 행진하듯이 두 줄로 세워져 있었다. 나는 말을 제자리에 돌려놓고 내 수를 뒀다. 다음 날 체스판 위의 말들이 모두 엉망이 돼 있었다. 나는 그것들을 제자리에 돌려놨다. 그 다음 날 블랙이 상당히 훌륭하게 한 수를 뒀다.

이 모든 일이 일어나고 있을 때였다. 여름 내내 그랬던 것처럼 도서관 문은 잠겨 있었고 안은 어두웠다. 약간 섬뜩한 이 일에 익숙해져 가고 있던 어느 날 밤 나는 방에서 나와 어둠 속을 가로질러 물을 마시러 갔다. 서가 사이의 마루 위로 이상한 빛 한 조각이 보였다. 서가를 지나갈 때 불빛이 복도를 가로질러 퍼지는 것이 보였다. 나는 숨을 죽였다. 그 불빛은 희귀본실에서 나오고 있었다. 문이 열려 있었다.

나는 조용히 다가간 다음 구석에서 방을 들여다봤다. 체스 테이블에 한 아기가 서 있었다. 금발 곱슬머리의 아기는 기저귀만 차고 있었다.

나는 잠시 멈춰 서서 2주 동안 벌거벗은 아기와 조리 있게 체스 게임을 벌여 왔다는 사실을 곰곰이 생각해 봤다. 잠시 후 사람들의 말소리가 들려왔다. 나는 출입구로 가까이 다가가서 안을 살짝 들여다봤다. 그곳에는 젊은 수석 사서와 그의 아내가 의자에 앉아 있었다. 나머지는 짜 맞춰볼 수가 있었다. 사서가 뭔가를 가지러 잠시 들린 것이었다. 당연히 그는 열쇠를 가지고 있었다. 이제 막 걷기 시작한 아기가 의자에서 내려와 테이블로 가서는 체스 말의 위치는 전혀 생각해 보지도 않은 채 그저 테이블을 붙잡고 서 있었던 것이다. 나는 사서의 가족에게 인사를 하고 그들이 돌아갈 때까지 아기와 함께 놀았다.

나는 누가 또는 무엇이 나와 체스 게임을 했는지 전혀 알지 못했다. 게임이 계속되다 미치광이 같은 상대가 체스판을 마구 흩뜨려 놓는 바람에 게임은 끝나고 말았다.

그 사이에 우리 집 화분은 모두 말라 죽었다.

책을 끝내고 나서야 나는 화분 생각이 났다. 퇴창가에 놓인 화분들 안의 식물이 완전히 섬세 죽어 있었다. 나는 그것들을 죽게 내버려뒀을 뿐만 아니라 옮기지도 않았다. 책을 쓰는 동안 나는 다른 도시에 사는 친구들 모두에게 한동안은 날 찾아오지 말아 달라고 일러뒀다.

"결혼하신 걸로 알고 있습니다만,"

뉴욕에서 출판사가 주선한 점심 식사에서 한 남자가 내게 말했다.

"그런데 어떻게 책 쓸 시간이 있으시네요?"

이게 무슨 소린가?

"그러니까 이를테면 정원도 가꿔야 하고 손님 접대도 해야 하잖아요."

당연히 나는 그가 바보스럽다고 생각했다. 칠십대의 이 남자는 꼭 해야 하는 일이 무엇인지 전혀 모르는 것 같았다. 그러나 내 이십대의 그런 열정에 이제는 내가 놀란다. 언젠가는 그럴 것이라 우려했지만 말이다.

3

누가 내게 글 쓰는 법을 가르쳐주는가?

하루를 버티면 1달러가 생긴다.
열네 시간 동안 눈 신을 신고 서 있으면서
나는 파이 먹기를 고대한다.

메인 주에 사는 어느 덫사냥꾼의 일기에서

3

이전에 나는 집필 중이던 책을 끝마치고 싶었지만 먹고 잠자는 방에서 글을 쓰고 싶지 않아서 서재로 쓸 오두막을 간절히 원한 적이 있었다. 나는 그곳에서 그 책을 끝마쳤고 다른 글도 몇 개 썼다. 장작 패는 법도 배웠다. 이 모든 것은 사람들이 많이 살고 있지 않은 하로 만壽의 외딴 섬에서 일어났다. 나는 버지니아에서 그곳으로 옮겨갔다. 그 섬은 캐나다 섬들 맞은편에 있는 워싱턴 주 퓨젓 만 북부에 있었다.

방 하나로 된 그 오두막은 바닷가 근처에 있었다. 벽이 단열이 안 되는 쪼그라든 판자로 만들어졌기 때문에 일, 이, 삼월에는 방 안이 추웠다. 방 안에 있는 거라고는 작은 철제 침대 두 개와 찬장 두 개, 작은 식탁 위에 놓인 선반 몇 개와 장작 난로, 창문 아래쪽에 놓인 테이블이 전부였다. 나는 테이블을 책상 삼아 글을 썼다. 창문 밖으로는 평평한 모래밭 위에 여러 가지 색깔의 이끼가 무성하게 자라는 모습이 보였다. 모래밭과 자갈 해안이 만나는 곳에는 작은 전나무가 몇 그루 자라고 있었다. 퓨짓 만 위로는 하늘이 넓게 펼쳐져 있었고 그 아래로는 황량한 섬들이 떠 있었다. 웅장하고 아름다운 풍경이었다. 그렇지만 시간이 지나자 그런 풍경에 곧 익숙해져서 일하는 곳의 주변에 별로 신경을 쓰지 않게 됐다. 주변에 주의를 기울이지 않다가 간혹 바람에 문이 휙 열리면 깜짝 놀라곤 했다. 그러나 추위만은 예외적으로 금세 알아차렸다.

장작 난로와 석유 난로를 피워도 방 안이 전혀 따뜻해지지 않았다. 나는 울 모자에 기다란 울 타이츠, 스웨터에 오리털 재킷, 스카프를 걸치고 일하곤 했다. 너무 게을렀던 탓에 장작 난로 굴뚝에 조절판을 붙일 엄두를 내지 못했다. 따뜻한 날 하겠다고 그 일을 계속 미루기만 했다. 헨리 데이비드 소로는 징직 덕분에 몸이 두 번 따뜻해졌다고 했다. 그는 직접 장작을 팼다. 그러나 장작은 똑같은 이유에서 나를 두 번 얼게 만들었다. 장작 패는 법을 배운 후 나는 매서운 북동풍 속으로 걸어 나가서 글 쓰는 동안 땔 수 있을 만큼의 오리나무를 팼다. 그러나 그 정도로 장작을 패서는 몸이 따뜻해지지 않았다. 그런 다음에는 집 안으로 들어가서 난로에 불을 지폈지만 온기가 굴뚝으로 다 빠져나가 버렸다.

처음에 나는 장작 패는 법을 몰랐다. 받침대 위에 오리나무 한 토막을 올려놓고 있는 힘을 다해 그것을 내리치면 작은 쐐기 모양의 장작 조각들이 모래밭 위로 사방으로 날아가서 사라져 버렸다. 내가 한 일은 장작을 패는 것이라기보다 부싯돌을 쪼개는 것과 같았다. 몇 번 내리쳤음에도 불구하고 오리나무 토막은 여전히 차분하게 꼼짝 않고 있었다. 아래쪽은 그대로인 채 윗부분만 가시처럼 뾰족해졌다. 다음에는 토막을 뒤집어서 뾰족한 윗부분으로 균형을 잡으려고 애쓰면서 아래쪽을 쪼개 보려 했다. 그러나 곧 나무토막은 자빠지고 말았다. 하느님, 맙소사.

이렇게 하다 보면 몸에 열이 났다. 나는 오리털 재킷과 울 모자, 스카프를 벗었다. 그러나 몸에 열이 났던 그 초기의 장작 패던 시절은 슬프게도 오래 지속되지 않았다. 장작 패는 요령을 알게 되자 몸에 열을 내는 요령을 잊어버린 것이다.

그때는 몰랐지만 매일 아침 내가 나무 토막을 공략하던 그 처음 몇 주 동안 한 무리의 사람들, 즉 그 섬에서는 한 무리로 통할 수 있었던 정도의 사람들이 몰려들었다고 한다. 내 도끼 소리에 '도'와 '밥'(장작을 잘 패는 진짜 토박이 섬 주민들)이 하던 일을 멈추고 모래밭 맞은편의 전나무 아래 보이지 않는 곳에 모여들었다. 그들은 장작을 패려고 기를 쓰는 내 모습을 구경했다고 한다. (오, 그 한가함이란!) 그것은 무성 코미디였음에 틀림없다. 나중에 그들이 그 이야기를 털어놓았을 때 나는 욕을 퍼부었다. 그러자 밥은 자신이 혼자 했던 유일한 말이 "장작 패는 애니의 모습을 보는 게 참 좋아."였다고 순진하게 대답했다.

이 모든 일이 일어나고 있던 중 어느 날 밤 나는 알 수 없는 힘에 의해 장작 패는 법을 이해하게 되는 꿈을 꿨다. '받침대를 겨냥해'라고 (분명히!) 꿈에서 들었다. 그것은 사실이었다. 나무를 겨냥하지 말고 받침대를 겨냥해. 나무 토막 아래를 겨냥해. 나무 토막을 목표를 이루는 투명한 수단으로 여겨. 그러지 않으면 그 일을 말끔하게 해낼 수가 없어. 그렇지만 하루 치 나무를 지독한 추위 속에서 몇 분 이내에 쉽게 팰 수 있게 되자 몸에 열이 날 틈이 없어지게 됐다. 몸에 열이 날 유일한 기회를 완전히 잃어버리게 된 것이다.

장작 패는 요령은 꿈을 통해 내가 배운 유일한 유용한 기술이었다. 그러나 내가 그 알 수 없는 힘에게 전적으로 감사하는 마음만 가진 것은 아니었다. 섬의 코미디가 끝나 버렸다. 모두 다시 일을 하러 돌아가야 했다. 그리고 내 몸에 열이 나는 일은 완전히 사라져 버렸다.

마음의 활력에 대한 글은 많다. 나는 그 표현 자체는 매우 멋지다고 생각한다. 물론 작가의 마음은 죽기 전에 실제로 뭔가를 한다. 그리고 그 마

음의 소유자도 마찬가지이다. 그러나 나는 그것을 활기차다고 표현하는 것은 주저한다.

작가의 삶이 감각의 박탈 상태에 이를 정도로 활기 없다는 것에 대해 놀랄 사람은 아무도 없을 것이다. 작가들이 하는 일이란 그저 작은 방에 앉아서 진짜 세상을 회상하는 것이다. 바로 그런 이유 때문에 너무나 많은 책들이 저자의 어린 시절을 묘사하고 있다. 어린 시절이야말로 작가가 직접 경험한 유일한 시기였을 것이다. 작가들은 직접 경험하는 대신 문학적인 전기를 읽는다. 그들은 다른 작가들에 둘러싸여서, 수명이 다할 때까지 이 지구상에서 몰입할 수 있는 합리적 선택이란 살아 있는 동안 종잇조각들과 함께 작은 방에 앉아 있는 것이라는 황당한 생각을 의도적으로 자기 자신에게 강요한다.

작은 방 안에서 작가는 지금까지 어느 누구도 꿈꾸지 않았던 일에 깊이 몰입한다. 그는 자신의 예술을 위해 완전히 새로운 기술을 만들어내고 있다고 생각한다.

한 대학의 영문학과 학부 건물에 내 방이 있었던 적이 있다. 물론 밤과 주말이면 건물 안이 텅 비었다. 그곳에서 나는 문학과 미학 이론에 대해 끔찍하게 주상적인 책을 쓰기 시작했다. 필요할 때마다 커피를 끓여 마시라고 비서들이 친절하게도 내게 교직원 라운지 열쇠를 주었다. 교직원 라운지는 모퉁이를 돌아 조금 떨어진 곳에 있었기 때문에 내 방에서는 소리가 들리지 않았다. 그곳에는 싱크대가 놓여 있었고 스토브 한 개짜리 버너와 찻주전자가 있었다. 라운지를 이용한 첫날 밤나는 물을 올려놓고 까맣게 잊어버렸다가 찻주전자를 태워먹고 말았다. 끔찍한 냄새가 났다. 나는그 사실을 다음 날 비서들에게 이실직고했다. 비서들은 내게 기회를 한 번만 더 주겠다고 말했다.

인생은 너무 재미있다. 그것은 휘파람 소리가 나는 주전자였는데 비서들이 소리가 나지 않도록 주둥이를 낡은 커피 메이커의 구멍 뚫린 동그란 뚜껑으로 막아놓았다. 물이 끓으면 이 알루미늄 뚜껑이 수증기 때문에 뜨거워지므로, 누군가가 탄성이 있는 나무 빨래집게로 뚜껑을 빼내는방법을 생각해낸 것 같았다. 어쩌면 그 아이디어를 내놓은 사람이 사무실에 빨래집게를 가져왔을지도 모른다. 사람들이 알루미늄 커피 메이커 뚜껑에 계속 빨래집게를 집어놓은 상태로 내버려뒀기 때문에 빨래집게가 찻주진사 무뭉이에서 북 튀어나와 있었다. 내가 그곳에 도착했을 때는 그런 상황이었다.

찻주전자를 태워먹은 후부터 나는 교직원 라운지의 스토브에 물을 끓이고 있다는 사실을 까먹지 않을 방법을 찾아내야 했다. 그래서 빨래집게를 손가락에 집어뒀다. 그런데 빨래집게에 손가락이 너무 꽉 끼어서 20초마다 옮겨 집어야만 했다. 이런 행동과 아픔 때문에 나는 물이 끓을 때까지 물을 끓이고 있다는 현실을 까먹지 않을 수 있었다. 그 방법은 적중했다. 그 시절에 나는 그렇게 밤에 고고하고 신성한 예술에 대한 책을 썼다. 점점 더 빨개지는 새끼손가락의 위아래로 빨래집게를 옮기면서 글을 썼다. 왜 사람들이 작가가 되고 싶어 하는지 나는 통 알 수가 없다. 그들의 삶에 물질적 토대가 없다는 이유 때문이 아니라면 말이다.

작가 삶의 물질성은 아무리 과장해도 지나치

지 않다. 형이상학을 좋아한다면 항아리일랑 던져 버려라. 옛날에 나는 글을 쓰려면 종이와 펜, 무릎이 필요하다는 말을 떠올려 보는 걸 참 좋아했다. 소네트 한 편 정도를 써내기 위해서는 창고가 필요하다는 것을 알았을 때 내가 얼마나 섬뜩해 했던가. 30쪽짜리 한 장章을 쓰다 보면 정신이 너무 쉽게 혼란스러워질 수 있다. 두 번째 장의 초고 개요를 쓰려면 저택을 빌려야 한다. 나는 6미터짜리 회의용 테이블의 기계적인 도움을 받으며 '글을 썼다.' 글 쓰는 이는 테이블 가장자리에 쓴 글을 펼쳐 놓고 작품의 속도를 조절한다. 그는 줄들을 따라 걸으며 조각들을 솎아내고 옮기기도 하며, 조각들을 파내기도 하고, 정원을 가꾸는 사람처럼 양손 가득 들고 줄 위로 몸을 구부리기도 한다. 그렇게 두 시간 동안 일하고 나면 매우 굼뜨게 9마일을 하이킹한 것이나 다름없다. 집에 가서 발을 담그라.

일을 해낼 수 있도록 자신의 기운을 조절하려는 작가의 시도 또한 매우 물질적이다. 당면한 일

을 해내려면 스스로 기운을 북돋울 수 있도록 충분히 신이 나 있어야 한다. 그러나 자분히 그 일을 해낼 수 없을 정도로 흥분해서도 안 된다. 일을 추진하고 재개할 수 있을 만큼 충분한 신념을 가져야 한다. 그러나 제대로 글을 잘 쓰고 있지 않을 때에도 잘 쓰고 있다고 착각할 만큼 자신을 너무 과신해서는 안 된다.

작가가 초고를 쓰려면 보통의 삶에서는 끌어낼 수 없는 특별한 내적인 상태가 필요하다. 글 쓰는 이가 백 명의 다른 전사들과 함께 두 시간 동안 창으로 방패를 두드리는 줄루족 전사라면 그는 글을 쓸 준비를 갖출 수 있다. 만약 글 쓰는 이가 어느 특정한 날 아침 사제들에 의해 뜨거운 화산 속에 제물로 던져질 것을 몇 달 전에 미리 알게 된 아스텍 처녀라면, 만약 글 쓰는 이가 몇 달 동안 연속적인 정화의식을 거치고 의심스러운 액체를 마신 사람이라면, 그는 때가 왔을 때 글 쓸 준비를 갖추고 있다 할 수 있다. 그러나 줄루족 전사도, 아스텍 처녀도 아닌 상황에서 글 쓰는 이는 어떻게 일상적인 아침에 특별한 상태로 들어갈 채비를 혼자 갖출 수 있을까?

어떻게 그 자신을 빙글빙글 돌게 만들 것인가? 가장자리, 위험한 가장자리는 어디에 있으며 그 가장자리로 가는 오솔길은 어디에 있는가? 그리고 그곳에 오를 힘은 어디에 있는가?

전에 마음에 드는 어려운 책을 쓴 적이 있다. 그것은 북서 해안에 있는 한 섬에서 보낸 사흘 동안을 묘사한 책이었다. 나는 그 책을 한 섬에서 시작했다가 글의 대부분을 다른 섬에서 썼다. 그 책을 쓰는 데 오랜 시간이 걸렸다. 책의 상당 부분은 시로 쓰였다. 책의 주제는 '영원과 시간의 관계' 그리고 고통 받는 무고한 사람들에 관한 문제였다. 한때는 그것을 산문으로 펴낼 작정도 했었다. 그러나 산문이 너무 강렬하고 강조되는 바람에 산문으로 묘사하는 세계에 너무 많은 의미가 함축됐다. 그래서 한두 단어를 더 쓴다는 생각만으로도 피곤해졌다. 나 자신이 전혀 이해할 수 없는 이 작품에 어떻게 매일 한 문장이나 한 문단을 덧붙일 수 있을까? 글의 어조는 격하고 들떠 있었다.

그것이 놓여 있는 방 쪽을 바라볼 때마다 졸렸다. 삽을 들고 굉신으로 갈 수가 없었다. 준비가 될 때까지 한 마디도 보탤 수가 없었다. 아니 보탠 말이 오히려 작품을 약화시키거나 망쳐놓을 것 같았다.

해안 근처의 배 위에서 몸집이 큰 나방 한 마리가 숨을 헐떡이고 있었다. 그 나방은 내 옆의 배 난간 위에 서서 물을 마주보고 있었다. 그것은 작은 날개에 뚱뚱한 주행성 나방이었다. 사람들은 박각시나방을 벌새로 착각한다. 박각시나방은 날기 전에 먼저 날개 근육에 산소를 충분히 채워야만 한다. 휴식 상태로는 충분하지 않다. 내 옆의 난간 위에서 박각시나방이 활주로 위의 제트기처럼 이륙하기 위해 엔진을 전속력으로 돌리기 시작했다. 갈색 몸이 진동하고 붉은색과 검은색의 날개들이 떨리는 것이 보였다. 나는 그림 그릴 종이를 가져오기 위해 서둘러 선실로 갔다. 내가 돌아왔을 때도 나방은 여전히 엔진을 빠르게 돌리고 있었다.

어쩌면 나 때문에 나방이 겁을 먹었는지도 모른다. 거의 폭발할 것처럼 심하게 몸을 떤 후에 나방이 날았다. 벌새의 날개처럼 나방의 날개가 흐릿해졌다. 그러나 물 위로 몇 야드 날아가던 나방이 고도를 잃고 떨어지기 시작했다. 날개가 윙윙 거렸다. 나방은 고도를 찾았다가 잃고 다시 찾았 다가 잃었다. 그러나 찾는 경우보다 잃는 경우가 더 많았다. 마침내 나방의 뚱뚱한 몸이 물속에 떨 어지더니 내 눈앞에서 물 한 방울 튀기지 않고 빠 져 죽어 버렸다.

공허하고 긴 여러 달 동안 나는 책 쓰는 일과 씨름하면서 텅 빈 바닷가의 방 한 개짜리 통나무 오두막에서 살았다. 내 몸을 꽁꽁 얼어붙게 만들 었던 그 해변의 오두막을 서재로 빌리기 전의 일이 었다. 혼자 틀어박혀 지내는 날들을 계획하는 것 이 얼마나 어리석은지, 침대에서 책상까지 120센 티미터 내지 150센티미터를 걸어가는 것이 내 유 일한 활동이었던 그런 날들을 계획하는 것이 얼마 나 어리석은 짓인지, 나는 아직 알지 못했다. 남편 은 다른 오두막에서 책을 쓰고 있었다. 그는 나보 다 더 오랜 시간을 일했다. 아침을 먹은 후 남편 이 떠나면 나는 방 한 개짜리 오두막을 둘러보고 창밖의 바다와 해변을 둘러봤다. 파도 빼고는 달 라진 것이 아무것도 없었다. 텅 빈 해변이 때로는 광활해 보였고 때로는 좁아 보였다. 깜깜한 밤에도 해변과 바다를 마주보고 있는 침대에서 그 모든 것이 보였다. 책상과 싱크대에서도 바다가 보였다. 집 전체가 배의 난간 같았다. 나는 일에 매진했다. 이 책은 다른 어느 책보다 내게 더 많은 열정을 불러일으켰다. 문제는 처음 시작부터 지적인 열정을 신체적인 에너지와 서사적인 미스터리로 바꾸는 것이었다.

"사자들을 들여보내라!"

나는 소리쳤다.

그러나 사자는 없었다. 지적인 생물들은 원래 잠을 자게 돼 있다는 것을 강조하는 온갖 동작을 보여주는 개와 고양이와 함께 나는 매일을 보냈다. 나는 혼자 기운을 내는 수밖에 없었다.

기운을 내기 위해 나는 플러그 잭 위에 서서 나에게 시동을 걸었다. 나 자신을 볼트처럼 조였다. 나 자신을 바이스 꺾쇠에 집어넣고 빡빡해질 때까지 핸들을 감았다. 나는 적정한 양의 커피를 마셨다. 그것은 숙련된 마취사의 정교하게 조율된

판단력을 요구하는 까다로운 일이었다. 커피가 적정치로 효력을 발휘할 것인지, 아니면 부족해서 아예 무용해질 것인지, 아니면 조금 넘어서서 치명적일 것인지는 간발의 차이였다.

나는 나 자신을 자극했다. 바닷가로 산책을 나갔고 싫은 리코더를 불었다. 설거지를 하고 커피를 마셨으며 해변의 통나무 위에도 서 보고 새도 구경했다.

그것은 시작 부분이었고 오전 내내, 아니 한 달 내내 걸릴 수 있었다. 커피만이 중요했고 나는 그것을 알고 있었다. 막 간 원두로 끓인 뜨거운 콜롬비아 산 커피를 마신 다음에는 한두 대의 담배를 피우고 전날 쓴 글을 읽었다. 어제 쓴 글은 속도를 조금 줄일 필요가 있었다. 한 문장에 몇 개의 단어를 추가한 다음 새 문장 하나를 모험 삼아 집어넣었다. 그때부터는 본격적으로 글 쓰는 작업이 시작됐다. 그것은 소설가 프레더릭 뷔크너[1926~, 미국]가 말했듯이 대규모 축하 행사는 아니더라도 잠깐의 휴식을 필요로 하는 일이었다.

휴식 시간에는 주로 콘래드 에이킨[1889~1973, 미국 시인·소설가]의 시를 소리 내어 읽었다. 그것은 의미가 실리지 않은 순수한 소리였다. 어떤 시의 의미를 우연히 파악한다고 해도 그 시를 다시 써먹을 수는 없었다. 나는 자주 '센린' 시「센린의 아침 노래」와 「바다 호랑가시나무」를 읽었다. 어떤 날에는 시선집에 실린 시들의 첫 행이면서 동시에 제목 구실을 하는 시 구절들을 읽었다. 그 구절들은 강렬하고 암시적이었다. 그것을 읽다 보면 다시 일을 시작할 수 있었다.

오늘 아침에도 다른 많은 아침과 마찬가지로 발진에 필요한 충분한 연료가 부족했다. 나는 네모 노트를 다시 훑어봤다. 책에 넣을 새 단락을 새로 시작해야 했고 그것을 넣을 곳을 찾아야 했다. 나는 시험 삼아 네다섯 문장을 쓴 다음, 뭐가 먼저인지는 모르겠지만 뇌를 자극하기 위해, 아니면 심장을 멈추게 하기 위해 담배를 더 피우고 네 번째로 커피 메이커를 재가열했다. 처음 커피를 끓이고 나면 커피 찌꺼기가 커피 메이커의 바닥에 가라앉는다. 그것을 재가열하면 재탕 커피가 된다. 나는 벌써 뜨거운 버너 위에 올려놓은 빈 주전자 같은 느낌이 들었다. 물이 다 증발해 없어진 얇은 주전자 같았다. 내 위의 윗부분이 까지거나 탄 것 같았다. 겨자 가스가 이런 맛일까? 의사 손에 들려 있는 주사 바늘을 쳐다보지 않는 것처럼 나는 잔을 쳐다보지 않고 네 번째 커피 잔을 들이켰다.

그런데 내가 너무 멀리까지 크랭크를 돌렸던 것 같다. 더 이상 리코더를 연주할 수가 없었다. 나 팔이 필요할 것 같았다. 피아노는 부셔버릴 것 같았다. 오두막 안에서 내가 뭘 할 수 있었을까? 펠 장작도 없었다. 쇠톱으로 고쳐야 할 것이 있었지만 그 일은 너무 고상한 것 같아서 그만뒀다. 아기를 입양하거나 커리큘럼을 짜거나 배를 타는 것은 어떨까?

개가 한쪽 눈을 뜨고 나를 힐끗 보더니 눈알을 한 번 굴리고 다시 눈을 감아 버렸다. 너무 도덕주의적인 동물은 키우지 말아야 한다. 그들이 그렇게 정결하다면 그들의 책은 어디에 있을까? 배가 고팠지만 식사를 하는 것은 불가능했다. 메스꺼움 때문에 이 기운이 누그러질 수는 있겠지만 식사를 하면 기운이 다 없어져 버릴 것 같았다.

나는 다시 읽었다. 글을 읽으면서 글 위 사방에 그림을 그렸다. 이것은 일상적인 일이었다. 이제는 내 그림이 단단해지고 어두워졌다. 나는 그 그림들을 종이 속으로 눌러 넣었다. 그림들이 종이를 뚫고 찍싱 쪽으로 피고들었다.

다음에는 어디인가? 나는 다음이 어디인지 알고 있었다. 그것은 내 가능성의 한계 안에 있었다. 내가 집중만 할 수 있다면 좋으련만. 그만둬야만 했다. 나는 너무 젊고 책상에만 매달려 살 수는 없었다. 많은 훌륭한 사람들이 밖에서 살고 있다. 그들은 그 날 괜찮은 문장을 하나도 쓰지 않았음에도 불구하고 밤에 푹 잘 수 있을 정도로 양심에 거리낌이 없는 사람들이다.

춤을 추자. 더 이상 램프를 그릴 수가 없었다. 그것은 너무 작았다. 나는 눈에 초점도 없이 해변으로 걸어 나갔다가 아프고 죽은 채로, 죽어가면서 문 안으로 후퇴했다. 커피와 니코틴 때문에 아무 맛도 느끼지 못한 채 수프를 데워서 먹었다. 논문으로 되돌아온 나는 괄호 안에 문단 하나를 집어넣었다. 오늘 쓴 몇 개 안 되는 문장은 내일이면 지워버릴 것이다. 이런 날이 너무 많다. 너무 많다.

나는 책을 쓴다기보다 죽어가는 친구를 지키듯이 책을 지켰다. 면회 시간에 나는 만신창이가 된 책의 몰골에 두려움과 동정을 느끼면서 책의 방으로 들어갔다. 나는 책의 손을 잡고 빨리 낫기를 바랐다.

　　이런 부드러운 관계는 눈 깜짝할 사이에 바뀔 수 있다. 찾아가는 것을 한두 번 거르면 진행 중이던 작품이 글 쓰는 이를 공격해 올 수 있다.

　　진행 중인 작품은 쉽게 흉포해질 수 있다. 그것은 하룻밤 사이에 야생의 상태로 되돌아간다. 그것은 쉽게 길들여지지 않는, 어느 날 간신히 고삐는 채웠지만 이제는 붙잡을 수가 없는 야생마와 같다. 작품이 자람에 따라 통제하기가 더욱더 어려워진다. 그것은 힘이 점점 더 세지는 사자다. 그것을 매일 찾아가서 글 쓰는 이가 주인임을 재차 확인시켜줘야만 한다. 만약 하루라도 거르면 당연히 그 방으로 들어가는 문을 열기가 겁난다. 위세 당당하게 방문을 열고 들어가서 의자를 들이대고 "심바!"「라이언 킹」의 주인공 사자라고 소리쳐라.

이렇게, 즉 사자 길들이기용 의자와 도끼, 회의용 테이블, 빨래집게와 함께 살면서 글 쓰는 이는 동료들의 호기심이 아니라 심한 무관심을 불러일으킬 수 있다. 사회가 작가를 싫어하고 두려워한다거나, 사회가 작가에게 아첨한다는 것을 나는 아직 경험해 보지 못했다. 오히려 내가 겪은 일은 흔한 것이다. 사회는 울타리 너머 저 높은 곳에 작가를 위치시켜 놓고 작가에게 전혀 주의를 기울이지 않는다.

선의의 작가와 선의의 보통 사람이 만나서 우연히 글쓰기라는 주제를 언급하게 되면 두 사람 모두 선의가 세속적으로 아무 소용이 없다는 기분 나쁜 사실을 깨닫게 된다. 대화가 이루어질 수가 없다. 그런 호된 만남을 통해 나는 항상 의도했던 것보다 훨씬 더 많은 것을 배웠다.

예를 들어 한번은 이웃과의 대화를 통해 내가 소위 바보의 문단 속에서 살아왔다는 사실을 깨달았다.

여객선에서 승무원으로 일했던 이 이웃은 온

전한 제정신을 가진 착한 세상 사람들 중 하나였다. 그는 군 수사관이었고 응급의학 기술자에 자원 소방수였으며 남편이자 아버지였고 여객선을 오르내리는 모든 차의 창문에 다른 사람들이 필적할 수 없을 정도로 재미있는 글을 써 놓는 선수였다. 그의 후손이 번창하기를.

어느 비오는 날 진짜 현실 세계에 사는 이 사람이 나를 집까지 태워다 줬다. 나는 그에게 잠깐 들어오라고 청했다. 그리고 온갖 끔찍한 일이 벌어졌다.

정중하게 그가 내 글에 대해 물었다. 어리석게도 나는 내 자신의 세계를 내 귓전에서 무너뜨리게 되리라는 것을 상상도 하지 못한 채 글 쓰는 것이 싫다고 대답했다. 차라리 다른 일을 하는 게 나을 것 같다고 말했다. 내 대답에 놀란 그가 말했다.

"공장에서 하루 종일 일하면서도 그 일을 싫어하는 사람하고 똑같군요."

이번에는 내가 놀랐다. 그의 말이 너무 지당했다. 정말 똑같았다. 내가 왜 그 일을 했을까? 나는 한 번도 그런 질문을 해보지 않았다. 어떻게 그 일이 내게 다가왔을까? 나는 왜 제정신을 가진 사람들처럼 차라리 여객선을 조종하지 않았을까?

니는 니 자신과 그에게 내 놀라움을 최대한 감췄다. 그러고는 내가 글쓰기를 회피하고 있으며 일이라는 핑계를 대고 그저 빈둥거리고만 있다고 말했다. 예를 들어 그날 아침에는 화이트헤드 1861~1947, 영국 철학자를 내 일기에 설명하느라 머리가 깨질 뻔했다고 말했다. 그러자 그는 내게 왜 그랬느냐고 물었다. 다시 내 입이 딱 붙어 버렸다. 내가 도대체 왜 그랬는지 알 수가 없었다. 내가 왜 그랬을까?

그러나 나는 정신을 차리고 여러 가지를 배우기 위해 그렇게 한 것이라고 대답했다. 하나를 배우고 나면 자동적으로 다음 것을 배우게 되고 또 다음 것을 배우게 된다고.…… 내가 이 말을 할 때 그가 고개를 끄덕였다. 미친 사람의 말에 고개를 끄덕일 때와 똑같이.

"그러다가 죽는 거죠, 뭐!"

나는 애써 밝게 말을 끝냈다.

이 말에 우리는 서로 활짝 미소를 주고받았다. 완벽하게 동의하면서 여전히 고개를 끄덕이고 미소를 지으며, 우리는 함께 현관문 쪽으로 걸어갔다.

 일주일 후 나는 내게 너무나 많은 것을 가르쳐준 방문을 받았다. 방문이 끝났을 때 나는 그 가르침을 완전히 흡수해서 다시는 어느 누구에게도 문을 열어주지 말 것을 고려했다. 그것은 꼬마들의 방문이었다.

 여객선 승무원의 방문이 있었던 주 내내 나는 내 삶이 어디에서부터 잘못됐는지 따져 봤다. 나는 세상으로부터 너무 멀리 동떨어져 있었다. 내가 하는 일은 너무 모호하고 상징적이고 지적이었다. 그것은 사람들에게 쓸모가 없었다. 그 무렵 나는 나방이 촛불에 날아드는 것에 관해 복잡하게 서술한 에세이를 출간했다. 예일 대학교의 한 비평가를 제외하고 어느 누구도 그것을 이해하지 못했다. 그러나 그만은 그것을 정확하게 이해했다. 나 자신도 비평가로서 교육을 받았다. 나는 비평가를 위해 글을 쓰는 비평가였다.

 이것이 내가 하고자 했던 일일까?

어느 날 그런 생각에 골몰한 채 일을 해보려 했지만 허사였다. 공허하고 틀에 박힌 낙서들이 가장자리를 넘어서 내가 원래 글을 써야 할 지면을 덮어 버리는 동안 나는 여덟 시간을 무기력하게 바라만 보다가 포기했다. 나는 나 자신을 미워하기로 결정하고 팝콘이나 만들어 먹으면서 책을 읽기로 했다. 내가 팝콘 그릇을 옆에 둔 채 소파에 푹 파묻혀 있을 때 밖에서 발자국 소리가 들려왔다. 이웃에 사는 일곱 살짜리 꼬마 브래드와 여섯 살짜리 브라이언이었다. "냄새가 좋아요."라고 브라이언이 말했다. 우리는 마루에 앉아 팝콘을 먹으며 이야기를 나눴다. 꼬마들은 하모니카와 리코더를 불고 하와이 현악기 우쿨렐레를 연주했다.

그러다가 브라이언이 일어나서 내 책상 옆에 섰다. 우연히도 책상 위에는 펜으로 그린 촛불 그림이 놓여 있었다.

브라이언이 말했다.

"저게 나방이 날아든 촛불이에요?"

나는 그 애를 쳐다봤다. 뭐라고?

그 애가 다시 말했다. 한 글자도 빼먹지 않고 그 애의 말을 그대로 옮겨본다.

"저게 나방이 뛰어든 촛불이에요? 배는 들러붙고 머리는 불에 탄 거죠?"

뭐라고? 내가 말했다. 뭐라고? 청바지를 입은 이 꼬마들은 키가 겨우 내 호주머니 정도까지밖에 닿지 않는 일학년짜리들이었다. 바닥에 앉아 있던 브래드가 "그 이야기가 마음에 들었어요."라고 재잘댔다. 내가 진지한 편에 속하는 사람이라 해도, "오라, 쟤가 브라이언보다 나이가 많지."라는 말을 나 자신에게 반복하자 조금 위안이 되는 것 같았던 이유는 무엇일까?

나중에 꼬마들이 떠날 때 브래드는 내가 독자와 공유하고 있다고 상상했던 담론의 영역이 무엇이었건 내가 틀렸다는 것을 확실하게 보여줬다. 브라이언이 (내가 보기에는 감탄하면서) 물었다.

"아줌마가 그 이야기를 쓴 거예요?"

내가 막 대답하려는 순간 그 애가 다시 물었다.

"아니면 그걸 타이핑만 한 거예요?"

이것은 작가와 작품 자체 사이의 작은 공간에

서 무슨 일이 일어나는지를 보여주는 상당히 냉정한 이야기이다. 화가와 캔버스 사이에서노 비슷한 일이 일어난다.

먼저 화가는 계획한 미술 작품이 어떤 모습을 띠게 될지 그 모습을 상상한다. 이 비전은 사실 전혀 놀라운 것이 아님을 강조하고 싶다. 그것은 작품의 지적인 구조이고 미적인 표면이다. 그것은 마음의 조각이며 기분 좋은 지적 대상이다. 그것은 강렬한 것이며, 희미하게 아름다움을 보여주는 것이다. 그 구조는 명료하면서 동시에 반투명하다. 그것을 통해 세상을 바라볼 수 있다. 이 가상의 대상을 처음 떠맡은 다음부터 화가는 즉시 여러 가지 측면을 덧붙이고 나서 그것이 그 자체로 자라나는 동안 최대한 조심스럽게 그것을 부화시킨다.

물론 작품의 많은 측면이 여전히 불확실하다. 화가도 그것을 알고 있다. 앞으로 나아가면서 그는 많은 것을 고치고 배우게 될 거라는 사실을 알고 있다. 그의 손길을 통해 형태가 자라서 새롭고 더 풍부한 빛을 만들어낼 것임을 알고 있다. 그러나 그 변화가 처음에 그가 상상했던 모습이나 깊은 구조를 변화시키진 않을 것이다. 단지 그것을 풍부하게 만들 뿐이다. 그는 그것을 알고 있고 그가 옳다.

그러나 실제 글쓰기나 실제 그림 그리기에서 그 비전을 충족시킬 수 있다고 생각한다면 그것은 틀렸다. 비전을 충족시킬 수는 없다. 그 비전을 드러낼 수조차 없다. 그 비전을 가져다 그것을 지면에 맞게 길들일 수 있다고 생각한다면 그것은 틀렸다. 지면은 질투심이 강하고 독재적이다. 시간과 물질로 이루어진 지면이 항상 이긴다. 비전은 파괴된다기보다 정확하게 표현하자면 글을 마칠 때쯤 잊힌다. 그것은 이 바뀐 아이^{유럽 민담에서 요정이 잘생긴 아이를 데려가는 대신 두고 가는 못생긴 아이. 옮긴이}로, 이 사생아로, 이 불투명하고 어둡고 뭉툭하고 황폐한 작품으로 대체된다.

그런 일은 이렇게 벌어진다. 비전이란 영원의 관점에서는 정신적인 관계의 집합이자 형식적인 가능성의 체계적인 연속이다. 그러나 시간의 실제 공간에서는 단어와 질문으로 가득한 한두 쪽의 메모 노트일 뿐이다. 그것은 끔찍한 도표이고, 가장자리에 적힌 몇 권의 책 이름이며, 애매모호한 낙서이고, 도서관 책 속의 접혀 있는 귀퉁이다. 그것은 생각하는 두뇌에서부터 어리석은 희망까지의 메모이다.

그럼에도 불구하고 이런 단편들의 잠정적이고 한심한 본질을 무시한 채 비전 자체를 마음에 품고서, 성배라도 되는 것처럼 눈앞에 그려보면서, 글 쓰는 이는 캔버스 위에, 지면 위에 최초의 희미한 흔적을 휘갈기기 시작한다. 이제는 작업이 제대로 시작된다. 작업이 끝나고 나면 그것은 더 이상 비전이 아니다. 그것은 종이이다.

단어들은 다른 단어들로 이어지고 정원 길로 이어진다. 물감의 가치와 색조는 세상이나 비전이 아니라 남은 물감에 맞춰진다. 재료들은 완고하다. 밀고 나가기 위해서는 항상 세게 밀어야 한다. 글 쓰는 이는 날 수 있다. 그가 가능하다고 생각했던 것보다 더 높이 날 수 있다. 그러나 그는 결코 지면을 벗어날 수 없다. 매 구절 다음에 다른 구절이 오고 더 많은 문장이 이어지고 더 많은 모든 것이 지루하게 이어진다. 시간과 재료들은 작품을 몰아댄다. 비전은 희미한 영역으로 훨씬 더 멀리 후퇴한다.

그렇게 그는 작품을 계속하고 그것을 끝마친

다. 어쩌면 이제 그는 비전의 가장 중요한 부분을 어쩔 수 없이 던져버리게 됐는지도 모른다. 그러나 이것은 이제 노스탤지어에 대한 관심거리일 뿐이다. 싸움 중인 연약하고 완전히 불투명한 완성품이 그의 목전에서 그의 심장을 훔쳐가고 있기 때문이다. 그는 그것을 통해 아무것도 볼 수가 없다. 그것은 단지 그 자체이며 유명한 구절의 연속이고 채색 물감이다. 그것을 재촉해대는 비전과의 관계는 에너지와 작품의 관계이며 일시적인 어떤 것으로 변하지 않는 어떤 것이다.

작품은 분명히 비전 자체가 아니다. 그것은 색칠하기 책처럼 비전을 채워 넣어서 만든 것이 아니다. 작품은 언젠가 재생되는 비전이 아니다. 그것은 불가능하다. 그것은 오히려 환영이며 대체물이다. 그것은 불완전한 존재인 골렘이다. 글 쓰는 이는 그 비전을 재생하기 위해서, 자신의 재능이 사람들 앞에서 빛날 수 있도록 노력한다. 그는 매번 노력한다. 그러나 할 수 있는 거라고는 그저 재능을 숨기는 것뿐이다.

누가 내게 글 쓰는 법을 가르쳐주는가? 한 독자가 궁금해했다.

지면과 지면이, 그 끝없는 공백이 (시간의 낙서를 권리로, 글 쓰는 이의 대담무쌍함을 필연성으로 확인하면서) 그가 천천히 메워나가는 영원함의 공백이 그것을 가르쳐준다. 망치면서도 그의 자유와 행동할 권리를 주장하고, 건드리는 모든 것을 망치지만 그럼에도 불구하고 행동하는 것이 그냥 불투명하게 여기 존재하는 것보다는 더 낫기 때문에 건드린다는 것을 확인하면서, 그가 무뚝뚝하게 메워나가는 지면이 그것을 가르쳐준다. 그의 끈기라는 까다로운 실마리로 천천히 메워나가는 지면이 그것을 가르쳐준다. 가능성의 순수함을 보여주는 지면이 그것을 가르쳐준다. 그가 온 힘을 다해 끌어 모을 수 있는 불완전한 장점들로 맞서보는 그의 죽음의 지면이 그것을 가르쳐준다. 그 지면이 그에게 글 쓰는 것을 가르쳐줄 것이다.

이것을 다르게 표현하는 방법도 있다. 장작 받침대를 겨냥하라. 나무 토막을 겨냥하면 아무것도 얻지 못한다. 나무 토막을 지나 나무 토막 속을 관통하도록 겨냥하라. 장작 받침대를 겨냥하라.

4

글 쓰는 삶이란 어떤 것일까?

용암 속에 파묻혀도
머리카락 한 오라기 흐트러지지 않는다면
그가 어떤 사람인지 드러난다.
사뮈엘 베케트의 『말론, 죽다』에서

4

꿈 이야기를 하자니 겸연쩍다!

글 쓰는 삶이란 어떤 것일까?

나는 혼자 단독주택에 살면서 1층에 서재를 만들었다. 휴대용 초록색 스미스코로나 타자기가 벽 앞의 책상 위에 자리 잡고 있었다. 그런데 내가 그 서재를 벗어나는 과오를 범했다. 아니 과오를 범하는 꿈을 꾸었다.

첫 진동이 느껴졌을 때 나는 위층에 올라가 있었다. 발밑의 마루가 움직였고 (이게 무슨 일이지?) 벽에 걸린 그림 액자들이 흔들렸다. 집이 흔

들리며 소리가 났다. 잠깐 조용해졌다. 화장대 거
울 속에 무덤덤한 내 얼굴이 보였다. 미루는 다시
흔들거리기 시작했고, 나는 계단이 멀쩡할 때 내
려가는 게 나을 것 같아 아래층으로 내려갔다.

타자기가 화염을 내뿜고 있는 모습이 눈에 확
들어왔다. 책상 위에 있던 그 낡은 초록색 스미스
코로나 타자기가 불꽃에 휩싸이고 재를 날리며 폭
발하고 있었다. 칼데라(글자 키의 오목하게 들어
간 어두운 부분)에서 불꽃이 분수처럼 솟아올랐
다. 연기와 재가 쏟아졌고, 시끄러운 폭발음이 터
져나왔다. 검은색 짙은 연기가 솟구쳤다. 사납고
강렬한 화염에 사방이 대낮처럼 밝아졌다. 불꽃이
뿜어져 나왔다.

나는 커튼을 쳤다. 타자기 위로 몸을 기울이
자 불꽃이 튀어서 셔츠에 동그란 구멍들이 생겼
다. 한쪽 소맷자락은 불길에 까맣게 그을렸다. 나
는 불꽃이 닿지 않도록 카펫을 끌어당겨 옮겼다.
부엌에서 양동이에 물을 담아 화염을 내뿜고 있는
타자기로 돌아왔다. 타자기는 산산이 부스러지진
않고 화염만 내뿜는 것 같았다. 얼굴과 양손에 칼
데라에서 나오는 열기가 느껴졌다. 노란 불길에

서 요란한 소리가 났다. 타자기 전체에서 덜커덕거리고 삐꺽거리는 소리가 났다. 책상은 꺼떡꺼떡했다. 양동이 물을 어디에 부어야 할지 알 수 없었다. 물론 책상 위는 어수선하기 그지없었지만 거기에는 불이 붙지 않았다. 20분 정도 지나자 화염이 가라앉았다.

그날 밤 덜커덕거리는 소리가 더 들려왔다. 약하게 훨씬 더 멀리서 들려왔다. 다음 날 나는 타자기와 책상, 마루와 벽, 천장을 닦았다. 불에 탄 셔츠는 버렸다. 그 다음 날 나는 타자기를 다시 닦았다. (칼데라에 밴 그을음은 그대로 남아 있었다.) 이리하여 상황이 종료됐다. 그 후로는 이런 문제가 발생하지 않았다.

물론 지금은 그런 문제가 발생할 수 있다는 것을 알고 있다.

5

어떻게 나만의 글을 써낼 수 있을까?

자연 앞에서는 어느 누구도 자연보다
더 양심적이고, 진지하고, 온순할 수 없다.……
그러나 모델 앞에서는 어느 정도 지배자가 되어야 한다.

폴 세잔

5

사람들은 상당히 비슷한 것들을 사랑한
다. 그러나 주제를 찾는 작가는 자신이 가장 좋아
하는 것을 찾는 것이 아니라 자기 혼자만 사랑하
는 것을 찾는다. 작가는 이상한 것에 심취한다. 프
랭크 콘로이1890~1964, 영국 배우는 요요로 재주 부리는
것을 사랑했고 에밀리 디킨슨1830~1886, 미국 시인은 햇
살을 사랑했다. 리처드 셀저1928~, 미국 의사·작가는 반
짝이는 복막을 사랑했고 윌리엄 포크너는 여자아
이가 배나무에 올라갔을 때 보이는 속옷의 흙 묻
은 가장자리를 사랑했다. "양치류를 공부하는 학
생들은 이런저런 이유로 감정이 흥분되는 자기만

의 식물 목록을 가지고 있기 마련이다."라는 글을 읽은 적이 있다.

글 쓰는 이가 관심을 쏟는 그런 특이한 생각에 대해 알려주는 글은 왜 없을까? 글 쓰는 이가 다른 어느 누구도 이해하지 못하는 무엇에 매료되는 것에 대해 알려주는 글은 왜 찾아볼 수 없을까? 그 것은 글 쓰는 이마다 다르기 때문이다. 설명하기 힘든 이유 때문에 글 쓰는 이는 어떤 것을 흥미롭 다고 생각한다. 그가 그 어떤 책에서도 그것에 대 해 읽은 적이 없기 때문에 그것이 어떤 것인지 설 명하기가 어렵다. 바로 거기서 글 쓰는 이는 시작 한다. 그는 그것에 목소리를, 자신의 놀라움을 부 여하게 된다.

"예술가로서 평생을 사는 것의 가장 힘든 부 분은 자기 자신의 가장 사적인 감수성에 의거해서 꾸준히 작업하도록 자기 자신을 채찍질해야 하는 엄격한 자제력에 있다."

조각가 앤 트루트1921~2004, 미국는 그렇게 말했 다. 헨리 데이비드 소로는 그것을 다른 식으로 표 현했다.

"자신의 삶을 추구하라. 자신의 삶을 따라가

라. 그리고 자신의 삶 주변을 빙빙 돌아라.…… 자신의 뼈에 대해 알라. 그것을 갉아먹어라. 그것을 묻어라. 그것을 파라. 계속 그것을 갉아먹어라."

죽어가고 있는 것처럼 글을 쓰라. 동시에 불치병 환자들로만 이루어진 청중들을 위해 글을 쓰고 있다고 가정하라. 결국에는 그런 이유로 글을 쓴다. 자신이 곧 죽게 될 것이라는 사실을 알게 된다면 어떤 글을 쓰기 시작할까? 사소한 것을 들먹임으로써 죽어가는 사람의 화를 돋우지 않을 말이 뭐가 있을까?

여름에 겨울에 대해 글을 쓰라. 이탈리아에 있는 책상 앞에서 마치 헨리크 입센1828~1906, 노르웨이 극작가처럼 노르웨이에 대해 기술하라. 파리에 있는 책상 앞에서 제임스 조이스1882~1941, 아일랜드 소설가처럼 더블린을 묘사하라. 윌라 캐더1873~1947, 미국 소설가는 뉴욕 시에서 대평원에 관한 소설들을 썼다. 마크 트웨인1835~1910, 미국 소설가은 코네티컷의 하트퍼드미국 북동부에서 『허클베리 핀의 모험미국 중부 배경』을 썼다. 최근에 학자들은 월트 휘트먼1819~1892, 자연을 찬미한 미국 시인이 자기 방 밖으로 나간 적이 거의 없었다는 사실을 알아냈다.

작가는 세상이 아니라 문학을 공부한다. 세상 속에서 살고 있는 그는 세상을 놓칠 수가 없다. 햄버거를 사거나 비행기를 타면 그는 독자들에게 자신의 경험을 보고한다. 그는 자신이 읽을 책을 주의해서 선택한다. 결국은 그것이 그가 쓸 내용이 되기 때문이다. 그는 자신이 배울 것을 조심해서 선택한다. 결국은 그것이 자신이 알게 될 것이기 때문이다.

테니스 선수가 코트에 대해 알고 있듯이 작가는 자신의 영역, 즉 했던 일, 할 수 있었던 일, 한계에 대해 알고 있다. 그리고 테니스 선수처럼 작가 역시 가장자리를 즐긴다. 그곳은 즐거움이 있는 곳이다. 그는 경계를 차지한다. 독자는 이 한계를 넘어서는 곳에서는 뒤로 물러서야 한다. 이성은 주저하고 시는 달려든다. 어떤 광기나 긴장이 들어온다. 이제는 용감하고 조심스럽게 작가가 그 경계를 확장시킬까? 경계를 밀쳐 내고 그곳에 야생의 힘을 가둘까?

한계와 경계를 가진 문학의 몸은 어떤 사람들

의 밖에, 어떤 사람들의 안에 존재한다. 작가가 문학에게 작가 자신을 형성하도록 허용한 후에만 작가는 문학을 형성할 수 있다. 프랑스의 노동자 계층에서는 견습공이 다치거나 지치면 숙련공이 "일이 그의 몸속에 파고든 것이다."라고 말한다. 미술역시 몸에 들어가야 한다. 화가는 세상을 고정시키기 위해 물감을 풀이나 나사처럼 사용해서는 안된다. 물감 튜브는 손가락과 같다. 그것은 화가의마음속에서 뇌까지 이어지는 신경 통로가 넓고 명확한 경우에만 작동한다. 세포 하나씩, 분자 하나씩, 원자 하나씩 뇌의 일부가 물감을 수용하고 물감에 맞도록 물리적인 형태를 변화시킨다.

자기 자신을 물감통의 내용에 맞추라고 파울클레1879~1940, 스위스 화가는 말했다. 물감통의 내용에자기 자신을 맞추는 것이 자연이나 자연에 대한 연구보다 더 중요하다고 그는 말했다. 다른 말로 표현하면 화가는 물감을 세상에 맞추지 않는다. 화가는 결코 세상을 자기 자신에게 맞추지 않는다. 그는 자기 자신을 물감에 맞춘다. 자아는 물감통과 그 통 속에 들어 있는 내용을 나르는 하인이다. 클레는 이런 통찰을 상당히 정확하게 "완전히 혁

명적인 새로운 발견"이라고 불렀다.

어느 유명한 작가가 대학생으로부터 곤란한
질문을 받았다.

"제가 작가가 될 수 있을까요?"

그러자 작가가 대답했다.

"글쎄요, 모르겠군요.…… 문장을 좋아하나
요?"

학생이 작가에게 어처구니없다는 표정을 지
었다. 문장? 내가 문장을 좋아하나? 난 스무 살인
데 내가 문장을 좋아하나? 물론 그가 문장을 좋아
했다면 그는 내가 알고 있던 쾌활한 화가처럼 시작
할 수 있을 것이다. 나는 그 화가에게 어떻게 화가
가 됐느냐고 물었다. 그러자 그가 대답했다.

"물감 냄새가 좋아서요."

어니스트 헤밍웨이1899~1961, 미국 소설가는 크누

트 함순1859~1952, 노르웨이 소설가과 이반 투르게네프 1818~1883, 러시아 소설가의 소설들을 자신의 모범으로 삼아 연구했다. 우연히도 아이작 바셰비스 싱어 1902~1991, 미국 소설가 역시 함순과 투르게네프를 본보 기로 연구했다. 랠프 엘리슨1914~1994, 미국 소설가은 헤 밍웨이와 거트루드 스타인1874~1946, 미국 작가을 연구 했다. 헨리 데이비드 소로는 제임스 조이스를 사 랑했다. 유도라 웰티1909~2001, 미국 소설가는 안톤 체호 프1860~1904, 러시아 소설가를 사랑했다. 윌리엄 포크너 는 셔우드 앤더슨1876~1941, 미국 소설가과 제임스 조이 스의 덕을 봤다고 밝혔다. 에드워드 모건 포스터 1879~1970, 영국 소설가는 제인 오스틴1775~1817, 영국 소설가과 마르셀 프루스트1871~1922, 프랑스 소설가에게 빚을 졌다 고 털어놓았다.

　이와는 대조적으로 스물한 살의 시인에게 좋 아하는 시인이 누구냐고 물으면 그는 얼굴색 하나 붉히지 않고 "아무도 좋아하지 않아요."라고 대 답할지 모른다. 그는 아직 어려서 시인이 시를 좋 아하고 소설가가 소설을 좋아한다는 사실을 납득 하지 못한다. 그 자신은 단지 시인이라는 그 역할 만을, 자신은 고민하는 사람이라는 생각을 좋아할 뿐이다.

렘브란트와 셰익스피어, 톨스토이와 고갱은
강력한 의지가 아니라 강력한 마음을 지니고 있었
다고 나는 믿는다. 그들은 자신들이 사용하는 다
양한 재료를 사랑했다. 그들은 작품의 가능성에
흥분했고, 자기 분야의 복잡함에서 상상력을 자
극받았다. 관심이 있으면 해야 할 임무가 생겨났
고 임무가 생기면 스케줄이 정해졌다. 그들은 자
기 분야에 대해 배우게 됐고 곧 그것을 사랑하게
됐다. 그들은 사랑하는 마음과 지식 덕분에 점잖
게 일했고 지속적인 생명력을 가진 복잡한 작품들
을 만들어냈다. 그러면, 그런 경우에만 세상이 그
들에게 아는 체를 한다. 만약 그들이 생존해 있다
면, 그들은 가능한 한 그런 세상의 관심을 무시하
고 계속 일을 할 것이다.

여러 편의 이야기나 에세이를 쓰는 것보다 한
편의 대작, 즉 소설이나 논픽션 이야기를 쓰는 것
이 더 적절하다. 글 쓰는 이는 장편의 야심작에 자

신이 가지고 있고 알고 있는 모든 것을 맞추거나 쏟아 부을 수 있다. 5년이 걸리는 계획이라면 5년 동안의 창작과 풍요로움이 축적될 것이다. 그 시간 동안 읽은 것의 대부분이 작품의 재료가 될 것이다. 더구나 문장을 쓴다는 것은 주제가 무엇이건 어렵다. 조리법 몇 문장을 쓰는 것은 『모비 딕』 몇 문장을 쓰는 것 못지않게 어렵다. 그러므로 차라리 『모비 딕』을 쓰는 편이 더 낫다.

마찬가지로 모든 독창적인 작품은 독특한 형태가 필요하기 때문에 많은 형태와 씨름하기보다 한 형태의 결과물, 즉 긴 작품의 형태와 씨름하는 편이 더 현명하다. 물론 연장된 서사의 각 장 역시 불확실하고, 작가는 구조가 무너졌다 통합되는 과정에서 시련을 겪는다. 그러나 적어도 수고가 모두 요행수를 바라고 이루어지는 것은 아니다. 각 장에는 이미 문맥이 들어 있다. 즉 어조와 배경, 등장인물이 들어 있다. 작품은 이미 이륙한 상태이다. 글 쓰는 이는 독자를 함께 태우고 가야 한다. 그러나 첫 몇 장 이후에는 연달아 멋진 소개를 하면서 굳이 독자를 태우고 가지 않아도 된다.

책을 쓰면서 작가는 두 가지 문제를 풀어야 한다. 책이 완성될 수 있을까? 내가 그 일을 해낼 수 있을까? 모든 책은 내적인 불가능성을 가지고 있다. 작가는 처음 흥분이 가라앉자마자 그것을 발견한다. 그 문제는 구조적인 것이다. 해결이 불가능하다. 바로 그것 때문에 어느 누구도 이 책을 쓸 수 없다. 복잡한 이야기와 에세이, 시 역시 이런 문제를 안고 있다. 이것은 해결 불가능한 구조적 결함으로, 작가는 아예 그 문제를 모르고 지나가기를 바란다. 그럼에도 불구하고 그는 그것을 쓴다. 그는 어려움을 최소화할 수 있는 방법들을 찾고 다른 장점을 강화시킨다. 그는 외팔보한쪽만 고정된 튀어나온 보. 옮긴이로 공중 높이 서사 전체를 세운다. 이제 서사는 무너지지 않고 버티며 서 있게 된다. 그리고 그렇게 되면 작가는 책을 끝낼 수 있다. 단지 그만이 할 수 있다. 책의 재료 안에서 의미와 느낌의 가능성들을 찾아낼 수 있는 사람은 오직 그뿐이기 때문이다.

아름다움이 드러나고, 삶이 고양되며, 삶의 가장 깊은 미스터리가 파헤쳐질 것이라는 희망에서가 아니라면 우리는 왜 책을 읽을까? 작가는 경험 속에서 우리의 지성과 감성과 가장 깊게 연관된 모든 것을 분리시켜서 그것을 생생하게 표현할 수 있을까? 작가는 문학적인 형태에 대한 우리의 희망을 새롭게 불러일으킬 수 있을까?

지나온 시절을 작가가 확대해서 극화시켜 줄 것이라는 희망에서가 아니라면 우리는 왜 책을 읽는 것일까? 작가가 지혜와 용기와 의미의 가능성으로 우리를 계몽시키고 영감을 부여할 것이라는 희망에서가 아니라면 우리는 왜 책을 읽는 것일까? 가장 깊은 미스터리의 위엄과 힘을 다시 느낄 수 있도록 작가가 그 미스터리로 우리 마음을 압박해 줄 것이라는 희망에서가 아니라면 우리는 왜 책을 읽는 것일까?

이따금씩 우리의 삶에 들이닥쳐서 아무것도 모르는 우리에게 놀랍게 모습을 드러내는 그런 힘보다 더 높은 것에 대해 우리는 무엇을 알고 있을까? 왜 죽음은 우리에게 불시에 닥치는 걸까? 왜 사랑은 불시에 낙실까? 그럼에도 불구하고 우리는 항상 깨어 있기를 바란다. 우리는 서로를 깨워주기 위해 아프리카 원주민들처럼 반라로 길게 줄을 서서 서로에게 조롱박을 흔들어대야 한다. 그러나 우리는 조롱박 쇼 대신 텔레비전을 본다.

그리고 만약 우리가 이런 것들 때문에 책을 읽는다면 왜 사람들은 광고 문구와 상표명이 적힌 책들을 읽으려 할까? 왜 사람들은 그런 책을 쓰려고 할까? 상업적인 침입의 범람으로 마지막 빙하 작용처럼 고아한 풍경이 짓밟혀 버렸다. 새로운 풍경과 그 기후 때문에 형이상학이 도망쳐 버렸다. 작가들이 협력해야만 할까?

글쎄, 사실 한 형식으로서의 소설이 형이상학적인 경우는 아주 드물었다. 그것은 대개 사회를 제시한다. 소설은 흔히 시대의 정신을 확정시키는 것을 목표로 삼는다. 또한 인식 가능한 세계에 대한 고양된 허상을 만들어냄으로써 세계를 구성하고 분석해서 제시하는 것을 목표로 삼는다. 내게는 이것이 가치 있는 것처럼 보인 적이 없었다. 그러나 그것은 분명히 문학이 항상 해온 일 중 하나이다. (어떤 작가든지 문학의 분야에 특수한 경계를 그린다.)

형이상학에 끌린 작가들은 상업적인 요란을 라디오 소리라도 되는 것처럼 그저 무시해 버릴 수 있다. 아니면 역사적 배경을 이용할 수도 있다. 아니면 논픽션이나 시로 도망칠 수도 있다. 작가들은 눈을 크게 뜨고 소설 내부로부터 상업적인 허튼 소리를 되짚어낸 다음, 그것을 싸구려 형식적인 배경이 아니라, 존 업다이크1932~, 미국 소설가가 『토끼는 부자다』에서 그랬던 것처럼, 포괄적이고 신성한 비전에 종속된 세계의 일부로서 사용할 수도 있다.

책을 쓰는 느낌은 사랑과 무모함에 눈이 먼 채 실을 잣는 것과 같다. 그것은 휜 풀잎의 끝부분에서 몸을 일으켜 앞을 내다보면서 길을 찾는 것과 같다. 황당한 최악의 경우에는 독일의 미친 신비주의자 야코브 뵈메1575~1624가 자신의 첫 책에서 묘사한 것 같다. 그는 악의 원천에 대해 평소처럼 뒤

죽박죽으로 글을 썼다. 그 구절은 책의 원천에 대해서도 쬘 직용될 수 있다.

"온전한 신성은 가장 깊은 곳에, 혹은 처음 생겨날 때 그 핵심에 신랄하고 무서운 날카로움을 지니고 있다. 그 통렬함은 매섭고 혹독한 차가운 서리가 내리고, 물이 얼음으로 꽁꽁 얼며, 참을 수 없는 겨울처럼 매우 무섭고 신랄하며 어렵고 어두우며 차가운 매력이다."

만약 글 쓰는 이가 참을 수 없고 신랄하며 어렵고 매우 날카로운 바로 그 핵심을 해부해서 압축된 책을 쓰기 시작할 수 있다면 느낌이 변한다. 이제 그것은 문장의 차원에서 씨름하는 악어와 같아진다.

이것이 글 쓰는 이의 삶이다. 그는 세미놀 악어와 싸우는 레슬러이다. 반쯤 벌거벗은 채 그는 꼬리로 자신을 쓰러뜨리려는 문장의 머리를 잡고 맨손으로 씨름한다. 몇 년 전에 플로리다에서 한 악어 레슬러가 졌다. 그는 유료 입장객들 앞에서 개펄 속에 들어가 악어와 씨름을 하고 있었다. 관중은 젊은 인디언과 악어가 물속을 들락거리며 배를 맞대고 맞붙어 싸우는 것을 구경했다. 물속으로 뛰어든 후 악어도, 사람도 일어나질 않았다. 론래드너라는 젊은 작가가 그 광경을 책 속에 묘사했다. 수면 위로 거품이 떠올랐다. 연이어 피가 떠오르고 수면이 잠잠해졌다. 몇 분이 지나자 관객들이 서로 눈길을 주고받았다. 속수무책으로 조용히 그들은 관중석을 떠났다. 인디언들이 그 남자의 유해를 찾는 데 일주일이 걸렸다.

최상의 경우에 글 쓰는 느낌은 과분한 은총을 입은 느낌과 비슷하다. 그 느낌은 글 쓰는 이가 그것을 찾아내는 경우로 한정된다. 그는 그것을 찾아 자신의 심장, 등, 뇌를 부서뜨린다. 그러고 난후, 단지 그런 후에만, 그것이 그에게 전해진다. 곁눈질로 그는 움직임을 본다. 공중을 가로질러 뭔가가 움직이며 그에게 다가온다. 그것은 리본으로 장식된 꾸러미이다. 하얀 날개 두 개가 달려 있는 꾸러미가 그에게 곧장 날아온다. 꾸러미 위에 그의 이름이 적혀 있다. 그것이 야구공이라면 그것은 천 개의 투구 중 슬로우 모션으로 보이는 한 개의 투구이다.

한 편의 시 중에서 한 행(단 한 행뿐이다. 그러나 그 한 행에 대해 하느님께 감사드린다.)은 천장에서 떨어진다고 어느 시인은 말했다. 손턴 와일더1897~1975, 미국 소설가·극작가는 이 부냉의 소네트14행의 단시 작가를 인용했다. 소네트의 한 행이 천장에서 떨어졌다. 그리고 글 쓰는 이는 보석세공사의 망치로 그 행 주변으로 다른 행들을 두드려 끌어들인다. 어느 누구도 그것을 그의 귓전에 속삭여주지 않는다. 그것은 그가 옛날에 암기했다 잊어버린 어떤 것과 같다. 이제 그것이 되돌아와서 그의 숨을 멎게 한다. 그는 한 번에 한 구절을 찾아내서 만질 수 있다. 그는 그것을 집게로 집듯이 조심스럽게 내려놓고 다음 구절이 자신을 찾아올 때까지 정지된 상태로 기다린다. 아, 그래, 그러다가 이것이 나타나고, 고맙게도, 또 이것이 나타난다.

아인슈타인은 새로운 아이디어의 탄생을 닭이 알을 낳는 것에 비유했다.

"삐악삐악, 그리고 갑자기 그것이 나타난다."

물론 아인슈타인은 대중에게 장난치는 것을 부끄럽게 여기지 않았다.

서재로 사용하기 위해 퓨젓 만에 빌렸던 (내가 매일 아침 팼던 오리나무 장작으로도 전혀 따뜻해지지 않았던) 그 추운 오두막에서 홀로 일하던 일월의 어느 날 나는 짧지만 어려운 책의 마지막 구절을 썼다. 그것은 서술자인 내가 집 앞의 바닷물 속에서 그리스도의 세례 장면을 우연히 보게 된다는 격렬한 구절이었다.

내가 글을 쓰고 있을 때 계속 북동풍이 불었다. 오두막 창문으로 폭풍우 치는 바닷물이 잉크처럼 까맣게 보였다. 평행선 모양의 파도가 세차게 들쭉날쭉 선을 만들며 바싹 붙어서 줄줄이 일정한 간격을 두고 빠르게 밀려왔다. 파도가 내가 쓰고 있던 책의 느낌을 정확하게 되살려냈다. 물론 의미까지 되살리진 못했다. 나는 거의 줄곧 눈을 감고 있었다. 그렇게 황홀한 상태에 빠져 본 적이 없었다. 사실 작가가 어떤 특이한 상태에서 글을 쓴다는 암시를 나는 너무 낭만적이라고 싫어했다. 나는 그리스 대리석처럼 눈을 감은 채 가만히 앉아 있었다.

사실 그 글은 단순했지만 품위가 없었다. 그럼에도 불구하고 내가 그런 황홀경에 빠졌나는 사실이 놀라웠다. 그 글은 부정맥처럼 불규칙하고 비시각적이고 귀에 거슬렸다. 그것은 아름다움이나 힘을 불러일으키려고 애써 봐야 소용없는 것처럼 더듬거렸고 아이의 말투처럼 투박하고 흉하고 절박했다. "그가 그를 물속으로 이끌었다."라는 문장처럼 아무런 묘사가 없는 단순한 글이었다. 마치 카이사르의 『갈리아 전쟁기』 번역본을 읽는 것 같은 느낌이 드는 글이었다.

내가 눈을 뜨자 지면이 밝게 보였다. 창문에는 김이 서려 있었고 해는 절벽 위의 전나무 뒤로 넘어가 버렸다. 나는 몇 시간 동안 "그것은 예수가 누워 있는 예수의 무덤이다."를 노래처럼 혼자 읊조렸다. 그것은 월리스 스티븐스의 시 「일요일 아침」의 한 구절이었다. 그때가 오후 세시쯤이었고 나는 수프를 조금 데워 먹었다. 오두막을 떠날 때쯤에는 기운이 거의 남아 있질 않았다.

나는 해안을 따라 집으로 걸어갔다. 해변은 밝고 뚜렷했다. 아직도 폭풍우가 치고 있었다. 몸이 너무 가볍고 어지러워서 땅에 발을 붙이고 있는 것 같지가 않았다. 두둥실 떠서 날아가 버리지 않도록 쇠사슬을 차고 다니는 전설 속의 라마승들이 기억났다. 걸어가는 것 자체가 묘기처럼 보였다. 내가 빨리 걷고 있는지 느리게 걷고 있는지 알 수가 없었다. 다리 사이가 넓게 벌어진 것처럼 허벅지가 서로 닿는 느낌이 들질 않았다.

오두막에서 깨어났을 때 봤던 풍경도 나중에 자주 생각났다. 창문에 서린 김은 푸르스름해 보였고 해는 섬 뒤로 진 뒤였다. 노란 종이 위에 그 이상하고 삭막한 문장들을 반쯤 보이지 않는 상태에서 썼던 것도 생각났다. 마법에 걸려 속박당한 것처럼 잿빛 자갈 해변을 통로 삼아 걸었던 것도 생각났다. 에블린 언더힐1875~1941, 영국 작가은 또 다른 삶, 더 나은 삶을 다음과 같이 묘사했다. 그의 말은 내게 그 날뿐만 아니라 글을 쓰던 많은 날들을 떠올리게 해준다.

"원탁의 기사 갈라하드가 성배를 향해 갔듯이 그는 반드시 가야 하기 때문에 간다. 삶을 살아낼 수 있는 사람들에게는 이것만으로도 삶이라는 것을 깨달으며."

강하게 밀어붙이라. 모든 것을 열심히, 가차 없이 조사하라. 예술 작품 속의 모든 대상을 조사하고 파헤쳐라. 마치 다 이해한 것처럼 그것을 내버려두고 지나가지 말라. 대신 그 자체의 특수성과 매력의 미스터리 속에서 대상을 볼 수 있을 때까지 그것을 따라가라. 자코메티의 드로잉과 그림은 자신이 느끼는 당혹감과 끈기를 보여준다. 자신의 당혹감을 인정하지 않았다면 그는 지속적인 생명력을 얻지 못했을 것이다.

20세기 드로잉의 대가인 리코 레브룬1900~1964, 미국 화가은 "데생 화가는 공격적이어야 한다. 지속적인 공격을 통해서만 생생한 이미지가 항복해서 그 비밀을 포기하고 가차 없는 선線에게 바칠 것이다."라고 말했다. 알고자 열심인 화가 말고 어느 누가 과연 생생한 이미지에 비밀이 감춰져 있다고 생각하겠는가? 화가는 자신의 힘과 생명을 기꺼이 바쳐서 무딘 도구들을 이용해 그 도구들의 희미한 흔적 말고는 다른 식으로 절대 묘사할 수 없는 비밀을 파헤치려 한다.

결코 눈을 떼거나 멀리 가버리는 법 없이 적에게 감탄하는 것처럼, 결코 끝이 나지 않는 세계에 대해 감탄하라.

글 쓰는 것에 대해 내가 알고 있는 것 중 하나는 다음과 같다. 매번 즉시 그것을 모두 써 버리고, 뽑아내고, 이용하고, 없애 버리라. 책의 나중 부분이나 다른 책을 위해 좋아 보이는 것을 남겨두지 말라. 나중에 더 좋은 곳을 위해 뭔가를 남겨두려는 충동은 그것을 지금 다 써먹으라는 신호이다. 나중에는 더 많은 것이, 더 좋은 것이 나타날 것이다. 이것들은 샘물처럼 뒤에서부터, 아래로부터 가득 차오를 것이다. 마찬가지로 알게 된 것을 혼자만 간직하려는 충동은 수치스러운 일일 뿐만 아니라 파괴적인 일이기도 하다. 아낌없이 공짜로 푹푹 나눠주지 않으면 결국 본인에게도 손해이다. 나중에 금고를 열어보면 재만 남아 있을 것이다.

미켈란젤로가 세상을 떠난 후 누군가가 그의 화실에서 노인의 필체로 견습생에게 써 놓은 종잇조각을 발견했다.

"그리게, 안토니오. 또 그리게, 안토니오. 그리고 또 그리며 시간을 낭비하지 말게."

6

나의 글쓰기는 어떻게 흘러가는가?

만약 이 삶이 성취를 통하여
우주를 위해 뭔가를 영원히 획득하는
진짜 싸움이 아니라면
그것은 마음대로 퇴장할 수 있는
개인적인 연극 놀이나 다름없다.
그러나 삶은 진짜 싸움이다.
윌리엄 제임스의 「믿고자 하는 의지」에서

6

하로 만에 있는 그 섬이 내 마음을 떠나지 않는다.

뭍과 절연된 채 (여객선도, 전깃줄도, 전화선도 없이) 그곳에 살고 있는 소수의 사람들은 바다제비처럼 바람과 기류 속에서 외롭게, 반쯤 정신이 나간 상태로 살았다. 그들은 위험에 몸을 내맡겼고 여름이면 해변의 지붕 없는 오두막에서 잤다. 그 섬은 48개 주의 북쪽 가장자리에, 서쪽 가장자리에 자리 잡고 있어서 접근하기가 무척 힘들었다. 기왕 그렇게 먼 길을 거쳐 그 섬에 가고 나면, 파도 속에서 잠자는 것만 빼고 모험을 하는 화가처럼 한계를 시험해 보는 것이 낫다. 남편과 함께 나는 매년 여름 그곳으로 갔다. 겨울도 한 번 났다. 우리가 살았던 해변의 오두막은 서쪽으로 멀리 캐나다의 섬들과 일본을 향하고 있었다.

그곳의 바다는 차고 깊었다. 하루에 두 번 바닷물이 맹렬하게 밀려들어왔다 나갔다. 산후안 제도 때문에 조류가 거셌다. 섬들 사이에 좁은 해협이 만들어져서 그 사이로 엄청난 양의 물이 빠르게 흘렀다. 평소에 파도가 해변으로 밀려와서 노나 구명조끼가 휩쓸리게 되면 옆을 따라 걸어서는 도저히 쫓아갈 수 없을 정도로 파도에 의해 빠르게 섬의 북쪽 방향으로 밀려가 버렸다. 뛰어야만 했다. 밀물은 북쪽으로 들어왔고 썰물은 남쪽으로 빠졌다.

폴 글렌은 팔 힘이 세고 부드러운 얼굴에 체격이 큰 금발의 오십대 화가였다. 가족끼리 아는 사이였던 그는 매년 여름마다 해변에 와서 살았다. 어느 여름 날 아침 그를 찾아간 나는 그의 그림에

대해 물었다. 우리는 부엌 식탁 앞에 앉아서 이야기를 나눴다. 최근에 그리고 있는 그의 그림과 추상표현주의 화가 마크 토비1890~1976, 미국의 캔버스에 대한 연구, 아시아 주제에 대한 새로운 관심, 이 차원에서의 질감에 대한 이해, 북서 태평양의 몽롱함과 멋지고 변화무쌍한 하늘, 그런 것들이 대화의 주제였다.

나는 잘 모르겠지만 그는 유화 물감을 푼 물통에 종이를 담그는 실험을 하고 있었다. 그는 그런 종이들을 부엌 식탁 위에 말리고 있었다. 어떤 종이는 대리석 무늬의 책 면지 또는 (그저 장식적인) 고급 벽지처럼 보였다. 어떤 것은 복잡하고 미묘한 무늬 때문에 의미심장하고 강렬해 보였다. 폴 글렌은 물 위에 물감을 떨어뜨리는 방법과 물감 위로 종이를 담갔다 들어올리는 방법 중 어느 것에 의해 더 흥미로운 결과가 나오는지 연구하고 있었다. 그는 여섯 달 동안 그런 작업을 하고 있었다. 그 종이들을 향후 어떻게 사용할 것인가 하는 것은 또 다른 중요한 문제였다. 그것을 잘라서 콜라주 재료로 쓸 수도 있었고 접어서 조각 작품을 만들 수도 있었다. 그 위에 색을 칠하거나 그 속에 색

이 스며들게 할 수도 있었다. 그는 작업이 이끄는
대로 따라가고 있었다.

다음 해 여름 우리는 섬에 다시 갔다. 폴 글렌
은 그곳에서 겨울을 났다. 나는 유월 말에 해변에
있는 그의 집으로 그를 찾아갔다. 그의 얼굴은 이
미 햇볕에 그을려 있었고 멀쩡했다. 목소리가 약
간 부드럽긴 했지만 그는 재치 있고 힘이 넘쳤다.

나는 폴에게 작업이 어떻게 진행되고 있느냐
고 물었다.

"당신은 아마 페라 번을 모를 거예요."

그가 말했다. 우리는 부엌 창문 옆의 둥근 탁
자 앞에 앉아 있었다. 창틀에는 하얀 조개와 검은
자갈이 놓여 있었다.

"그는 이십 년 전에 죽었어요. 쾌활하고 조용
하며 단호한 사람이었죠. 그는 가족을 끌고 여기
이 섬으로 왔습니다. 책을 쓰고 신문 칼럼을 쓰는
'준 번'하고 어린 아들 둘을 데리고 말이죠. '노
스'하고 '밥'은 아시죠. 아무것도 없는 이 섬으로

왔죠. 해변에서 찾아내거나 직접 기르는 것 말고는 아무것도 없는 이런 곳으로요."

폴이 자신의 작업이 어떻게 진척되고 있는지 이야기하고 싶지 않은 게 분명했다. 그래도 괜찮았다.

"페라는 멋있었어요. 아들들하고 똑같이 창백하고 연한 피부에 눈과 머리가 검은색이었어요. 그와 준은 피셔리 곶에다 그 삼목 오두막을 지었죠. 그건 준의 서재였습니다. 그들의 집은 숲 근처에 있었어요. 좋은 목재로 지었죠."

폴은 페라의 모습만 빼고 내가 이 모든 사실을 알고 있다는 것을 알았다. 폴의 머리가 길게 자라 있었다. 그는 가는 머리 가닥을 양쪽 귀 뒤로 계속 넘겼다. 나는 뭍에서 온 지 얼마 안 된 상태여서 약간 들뜨고 급했다. 그는 내 급한 성미에 대해 대놓고 웃었다. 우리는 서로의 실수도 눈감아줄 수 있을 정도로 여러 해 동안 친하게 지냈다.

그가 말을 이어 나갔다.

"어느 날 저녁 페라가 해협에 떠 있는 통나무를 보게 됐대요. 노란색에 알래스카 삼목처럼 보였죠. 그는 그것이 알래스카 삼목이길 바랐어요.

그걸 끌어내리려고 노를 저어 나갔어요."

섬에 사는 사람들 모두가 집을 짓기 위해 좋은 통나무를 찾아 헤매고 있었다. 통나무가 해변으로 밀려오지 않는 경우 그걸 끌어내리려면 모터보트가 필요했다. 물속에서는 통나무가 무거워졌다.

"만조여서 조류가 정체돼 있었어요. 페라는 그 통나무를 발견하자 피셔리 곶에 세워놓은 자신의 작은 배를 타고 해협으로 노를 저어 갔어요. 물론 그것은 연노란색의 아름다운 알래스카 통나무였어요. 240센티미터 정도의 짧은 통나무였죠. 그렇지 않았다면 모터보트도 없이 그런 일을 하지 않았을 거예요. 그는 조류가 정체돼 있는 동안 저어서 나올 수 있을 거라고 생각한 것 같아요. 그는 통나무를 묶었어요."

그런 통나무에는 대개 한쪽 끝에 커다란 철침이 박혀 있는 경우가 많았다.

"그리고 그것을 매달고 집 쪽으로 배를 젓기 시작했어요. 그것을 6미터 정도 되는 줄로 묶어 놨죠. 그가 집으로 돌아오려고 노를 젓는데 파도가 치기 시작했어요."

폴의 창문에서는 북쪽으로 해변과 피셔리 곶

이 보였다. 페라의 한 아들이 아직도 그 낡은 작은 배, 240센티미터의 너벅선을 사용하고 있었다. 이제는 배에 노란색과 파란색이 칠해져 있었다. 폴의 푸른 눈이 내 눈과 다시 마주쳤다.

"썰물이 시작되어 그 통나무를 자꾸 남쪽으로 끌어갔어요. 페라는 집 쪽으로 가기 위해 북쪽으로 계속 배를 저었고요. 조류가 그를 여기 해협 아래쪽 남쪽으로 끌어당겼어요."

폴이 그의 집 앞에 있는 넓게 굽이진 바닷물을 가리켰다.

"이쪽 끝에서 저쪽 끝으로요. 페라는 피셔리곶 쪽으로 계속 노를 저었죠. 차라리 고래에 매달리는 편이 더 나았을 거예요. 그는 북쪽으로 노를 젓는데 배는 빠르게 남쪽으로 움직였으니까요. 그는 배 뒷부분이 앞으로 향하게 했어요. 집으로 가고 싶었기 때문에 집 쪽으로 계속 끌어당겼죠. 아홉시쯤 해가 졌을 때 그는 줄곧 북쪽으로 노를 저었음에도 불구하고 이 해변 거리만큼 남쪽으로 밀려갔어요. 몇 시간 후에 달이 떴을 때, 이 섬을 완전히 지나 여기와 스튜어트 섬 사이의 해협까지 남쪽으로 밀려갔대요. 그는 칠흙 같은 어둠 속에서 몇 시간 동안 계속 그렇게 노를 저었어요. 스튜어트 섬에서 멀어지려고 계속 노를 저었지만 계속 그것과 더 가까워지면서요. 그러다가 조류가 정체되는 것 같더니 곧 다시 밀려오는 게 느껴졌대요. 이번에는 해류의 방향이 뒤바뀐 거죠.

페라는 반달이 뜨자 달빛을 받으며 계속 노를 저었어요. 조류가 남쪽에서 밀려들어왔죠. 그는 집을 향해 북쪽으로 계속 노를 저었어요. 그제야 통나무가 그와 보조를 맞춰줬죠. 해류 위에 떠 있는 그와 통나무를 해류가 들어 올려서 원반처럼 옮겨갔어요. 세시쯤 해류가 좀 약해지기 시작했죠. 그는 노를 저어 이 섬의 남쪽 끝을 지났어요. 해가 떴고 그는 이 해변을 따라 노를 저었어요. 조류가 그를 다시 집으로 데려다 준 거죠. 그의 아내인 준은 그가 오는 것을 봤대요. 그녀는 그가 밤새 뭘 했는지 궁금해 하고 있었죠."

폴이 느긋하게 활짝 미소를 지었다. 그가 의자에서 몸을 움직였다. 그가 건배를 건네듯 커피 잔을 들어올렸다.

"그가 집 앞 해변에 배를 댔어요. 두 사람은 밀물이 들어오는 해안선 위까지 통나무를 굴려 올렸죠. 며칠 후 그를 만났어요. 그가 통나무를 끌어내려다 거의 스튜어트 섬까지 밀려간 걸 모두 알고 있었죠. 모두 그가 같은 방향으로 계속 노를 저었다는 것도 알고 있었어요. 내가 그것에 대해 그에게 물었죠. 그는 등이 조금 아프다고 하더군요. 그의 손바닥을 보지는 않았어요."

폴이 기분 좋은 표정으로 빈 커피 잔을 들여다봤다. 그런 다음 여전히 미소를 지으며 창문 밖을 내다봤다. 내가 커피 잔을 싱크대로 가져가려고 하자 그가 내게 앉으라는 몸짓을 했다. 그의 말이 아직 끝나지 않았다.

"바로 그런 식으로 내 작업이 진척되고 있어요."

그가 말했다.

뭐라고?

"나더러 작업이 어떻게 돼 가느냐고 물었잖아요."

그가 말했다.

"바로 그런 식으로 내 작업이 진척되고 있어요. 조류가 날 덮쳤어요. 내가 지금 해협 가운데쯤 있는 것 같아요. 그냥 계속 거기 있는 거죠. 조류가 바뀌어서 날 데려다 주길 바라고 있어요."

인류학자 로널드 고드프리 린하트1921~1993, 영국는 수단의 딘카족이 지녔던 정령 숭배적인 생각을 설명했다. 딘카족 사람들은 자신의 기억과 몽상이 언덕만큼 외부적이고 내용이 빠르게 변한다고 믿었다. 수단의 수도 카르토움에 수감된 한 남자가 이따금씩 생생하게 그를 붙잡아가는 카르토움을 달래기 위해 딸의 이름을 카르토움이라고 지었다. 그는 자기가 마을을 걸어가고 있을 때 카르토움 자체가, 감옥이 있는 그 도시가 그 존재의 힘으로 자신을 덮쳤다고 믿었다.

그렇게 그 섬이 내게서 떠나질 않는다. 나는 그곳 감옥에 갇혀 있는 것이 아니라 오히려 광활한 바닷가에 풀려 있다. 울타리로 둘러싸인 케이프 코드의 만을 걸을 때면, 혹은 컴퓨터 파일을 스크롤하다 텅 빈 스크린이 나올 때면 이따금씩 내가 가던 길 위로 하늘이 갈라지거나 스크린 위의 빛나는 광자들이 무한한 무질서로 돌아간다. 그러면 나는 가장자리에서 다시 멈춰 선다. 비합리적인 것이 형이상학적인 것을 떠나지 않는다. 두 극과 극이 현상 위에 고리 모양으로 펼쳐진 하늘에서 만나거나 현상 뒤의 어두운 골목에서 만나 흐릿함 속에서 위험과 힘이 결투를 벌인다.

그곳에는 대륙붕이 없었다. 섬의 해안은 깊고 모래 없는 해저로 곧장 이어졌다. 일 년 내내 수온이 너무 차가워서 물에 빠진 사람은 십 분 이내에 사망했다. 두 척의 24인승 전투용 카누가 수로를 가로질러 경주를 펼치는 모습을 본 적이 있다. 가슴을 드러낸 마흔여덟 명의 루미족 인디언들이 노래를 부르며 노를 저었다. 오두막 앞에서 겨울 폭풍우가 몰아칠 때 바다가 빛을 내는 것을 본 적이 있다. 깜깜한 밤에 검은 바다가 수평선까지 아무렇게나 줄을 그으며 녹색의 거품을 내고 있었다. 바람이 거칠어지면 녹색 거품이 붉게 타올랐다. 나는 해변에서 무서움에 눈물을 흘렸다.

나는 한 발은 치명적인 소금물에, 한 발은 수

십억 개의 모래알에 담근 채 해변에서 살았다. 무한함의 가장자리에는 글 쓰는 것의 고독함과 너무나 비슷한 점이 있었다. 무의 가능성뿐만 아니라 온갖 가능성을 담은 심연 같은 바다나 하늘 위로 각 문장이 드리워져 있었다. 유월과 칠월에는 황혼이 새벽까지 남아 있었다. 그곳은 노바스코샤주의 북쪽이었기 때문에 천문학적인 밤이라 불리는 것을 만들어내기 위해 해가 수평선 아래로 충분히 낮게 지지 않았다. 긴 낮이 도끼처럼 삶을 쪼개벌렸다. 내가 그대로 베끼고자 하는 의도에서 섬 해안을 스케치하거나 그림을 그릴 때면 작품이 다시 무한함과 겹쳐지거나 무한함 속에 녹아들었다. 아니면 무한함이 지면을 공격해서 다시 그것을 재현해야만 했다. 내 펜은 변화무쌍한 구름과 다양한 태양, 원과 나사 모양, 빛줄기로 지면을 가득 채웠다. 나는 그 종이들을 밤에 불을 지피는 데 썼다.

존 컨스터블1776~1837, 영국 화가은 한 친구에게 "나는 하늘과 놀면서 시간을 좀 보냈다."라고 편지를 썼다. 나는 이리저리 스크롤하면서 뭔가 징조가 없나 점치며 해변과 텅 빈 모니터 스크린을 오갔다.

7

글의 영감은 어디서 오는가?

어쨌든 작가가 되지 않기는 쉽다.
대부분의 사람들은 작가가 아니지만
거의 손해를 보지 않는다.

줄리언 반스의 『플로베르의 앵무새』에서

7

데이브 람은 시애틀의 북쪽에 있는 워싱턴 주 벨링햄에 살았다. 항구 도시인 벨링햄은 하로 해협에 있는 산후안 제도와 높은 노스캐스케이드 산맥 사이에 위치했다. 나는 그곳에서 민물도요와 함께 살았다. 데이브 람은 곡예비행사로 하늘의 천재였다.

1975년에 나는 새로 이사 온 사람이 으레 그렇듯이 뭐든지 해보고자 하는 열의를 가지고 벨링햄의 에어쇼에 참석했다. 벨링햄 공항은 키 큰 미송 숲 속에 있는 넓은 개간지였다. 활주로는 소형 비행기가 뜨고 내릴 수 있을 정도의 크기였다. 유월이었다. 파란색이나 황갈색 지퍼 달린 재킷을 입은 사람들이 커피숍 바깥쪽의 콘크리트 보도와 활주로에 뿔뿔이 서 있었다. 뭔가 할 일을 생각해낼수만 있다면 거의 밤새 밖에 나와 있을 수 있었기때문에 사람들은 유월이면 밖에 머무르는 시간이많았다. 그 고도에서는 밤 열시가 되도록 하늘이어두워지지 않았고 절대 깜깜해지지 않았다.

햇빛을 받으면 사람들의 생활이 갈라져서 벌어졌다. 그들은 어두운 겨울 일상을 벗어던지고황당한 계획을 생각해냈다. 시시각각으로 모든 것을 즉흥적으로 했다. 곡예비행사가 되는 것이 세상에서 가장 합리적인 것처럼 보였다. 공중에서하루 종일 밤낮으로 팔을 흔들고 나서 잠은 다음겨울에 잘 수 있었기 때문이다.

열두 명의 곡예비행사가 한 시간 동안 곡예비행을 하면서 한 사람씩 순서대로 에어쇼를 펼치게돼 있었다. 각 조종사가 자기 비행기를 타고 각종묘기를 벌였다. 그들은 정확하고 멋졌다. 그들은

거꾸로 날기도 하고 똑바로 날기도 했다. 그들은 빠른 속도로 날면서 급강하와 회전을 선보였고 먼 활주로에 사뿐히 착륙했다.

그 날의 대미를 위해서 에어쇼 담당자는 온갖 종류의 다른 모든 공연과 별도로 "데이브 람"이라는 제목으로 프로그램을 짜 놓았다. 홍보 전단에 따르면 람은 웨스턴워싱턴 대학교에서 학생들을 가르치는 지리학자였다. 그는 요르단에서 후세인 왕을 위해 곡예비행을 펼쳤다. 군중 속에 있던 한 남자가 내게 알려주길 후세인 왕이 미국을 방문했다가 람이 비행하는 것을 보고 요르단의 행사에 그를 초청했다고 한다. 후세인 역시 조종사였다.

"후세인은 람이 세계에서 가장 훌륭한 조종사라고 생각해요."

무심하게 거의 주의를 기울이지 않은 채 나는 중간 정도 체격의 무뚝뚝한 남자가 갈색 가죽 옷에 고글을 쓰고 검은색 복엽 비행기의 열린 조종석으로 올라가는 것을 봤다. 비행기는 1930년대에 만들어진 뷔커 융만이었다. 키 큰 검은 머리의 여자가 시동이 켜질 때까지 비행기의 기수에 있는 프로펠러 끝을 잡고 잡아당겼다. 그가 출발했다. 그

가 비행기를 타고 공항 위로 높이 올라갔다. 티끌
만큼 거의 보이지 않을 징도로 하늘 높이 올라갔
다가 갑자기 곤두박질하며 떨어질 것처럼 내려왔
다. 비행기 뒤에서 나사 모양으로 아름답게 연막
이 흘러나왔다.

검은 비행기는 회전하면서 하강하다 반대쪽
으로 회전하며 수평 비행으로 돌아갔다. 비행기
는 허공에 여러 가지 형체를 조각했고 이 형체들
은 격렬하게 음악적으로 엉키며 끝없이 이어졌다.
나도 어쩔 수 없이 관심을 기울이기 시작했다. 람
이 하늘 높이 끝없이 멋진 선을 그려냈다. 그것은
사람들 머리 위에서 엇갈리며 고리와 아라베스크
형태를 만들어냈다.

솔 스타인버그1914~1999, 미국 삽화가가 펜으로 그
린 수축하고 팽창하는 선처럼 람이 회전하며 만
들어낸 선은 움직이면서 이전 형태의 가장자리로
부터 새롭고 재미있는 형태를 만들어냈다. 클레
가 그린 선처럼 그것은 풍경화와 도형으로 하늘
을 수놓았다.

에어쇼 아나운서가 조용해졌다. 하루 종일 꽥 꽥대던 그가 이제는 조용했다. 관중은 소리를 죽였다. 천천히 검은 비행기가 윙 소리를 내며 하늘을 나는 모습을 보며 아이들조차 말을 잃었다. 람은 그의 온몸으로 아름다움을 만들어냈다. 그것은 순수한 무늬였고 사람들은 무늬가 만들어지는 것을 볼 수 있었다. 비행기는 선이 움직이듯이 사방으로 움직였다. 비행기는 삼차원을 제어하면서 선으로 허공에 조각처럼 거대하고 미묘한 틈새를 새겼다. 비행기는 공중제비를 하면서 체조 선수처럼 등을 활모양으로 구부리는 것처럼 보였다. 그것은 속도를 늦춰 하강했다가 다시 오르면서 회전했다. 나선형으로 비행을 하다가 한쪽 날개를 세워서 서쪽으로 베듯이 날아가서는 다른 쪽 날개를 세워서 동쪽으로 되돌아 날았다. 물리적으로 불가능할 것처럼 보이는 ∩자 비행도 했다. 비행기는 실 뭉치를 가지고 장난하는 고양이처럼 자유자재로 선으로 장난을 했다. 조종사는 자신이 하늘의 어디쯤에 있는지 어떻게 알까? 길을 잃으면 땅에 부딪히고 말텐데.

람은 나선식 급상하, 수평 니선 운동, 8자 그리기, 네 점 구르기, 수평으로 돌리기 등 비행기가 할 수 있는 온갖 묘기를 선보였다. 비행기의 꼬리로 급선회도 했다. 다른 조종사들 역시 이런 곡예비행을 능숙하게 했다. 그러나 그들은 한 번에 한 가지만 할 수 있었다. 람은 텅 빈 하늘에 표시를 하는 붓처럼 비행기를 끊임없이 사용했다.

그는 순수한 에너지 덩어리였고 꾸밈없는 정신을 보여줬다. 나는 그것에 대해 여러 해 동안 생각해 봤다. 람의 선은 시간 속에서 펼쳐졌다. 음악처럼 미래의 솔기를 따라 비어져 나온 가장자리를 잘라냈고 현재를 엿봤다. 우리 구경꾼들은 눈 깜박할 동안 펼쳐지는 아름다운 곡선이 현재에 모습을 드러내길 기다렸다. 인간 조종사인 데이브 람이 비행기의 앞쪽 끝부분에 있는 조종석에서 비행기를 조종했다. 그의 몸은 우리를 위해 미래 속으로 질주했다가 꼬불거리며 벗겨지는 껍질처럼 우리에게 되돌아왔다.

미술가처럼 그는 관객의 갈망이 불러일으키는 긴장을 조절했다. 관객이 자신도 모르게 어떤 종류의 회전이나 상승, 혹은 어떤 공중 지점으로의 귀환을 원하면 그는 시인처럼 그 희망을 장난스럽게 성취시켜 줬다. 관객이 더 이상 참을 수 없다고 생각하는 순간까지 관객의 바람을 피하다가 갑자기 그것을 성취시켜서 관객의 숨을 멎게 하고 소리를 지르게 만들었다.

가장 기이하고, 가장 즐겁고, 가장 소모적인 것은 그가 절대 끝을 내지 않는다는 사실이었다. 음악에 휴지나 휴식, 끝이 없었다. 시의 아름다운 문장이 끝나지 않았다. 선에 끝이 없었다. 조각된 형태들이 머리 위에서 하나씩 하나씩 쌓여 갔다. 리듬 자체에 종지부가 없는 세상에서 누가 과연 숨을 쉴 수 있을까?

몇 분이 지나고 나서 나는 내가 지금 얼마나 대단한 것을 보고 있는지 깨달았다. 람은 순식간에 공간을 아름답게 수놓는 모든 것을 마음속에 품고 있었다. 그 후 이십 분 동안 나는 내 눈앞에서 아름다움이 펼쳐지고 그것이 점점 더 환상적이고 믿을 수 없이 아름다워지는 모습을 봤다. 이제 람이 미끄러지듯이 딱 적절한 시간에 비행기를 착륙시켰다. 긴 선이 보여주는 지성을 이해하고 기억

하느라 기를 쓰다가 내가 곧 쓰러질 것 같았다. 곡선이 하나라도 너 보태시면 더 이싱 건딜 수 없을 것 같았다. 그는 멀리 있는 활주로에 비행기를 착륙시켰다. 잠시 후에 그가 보통 사람으로 걸어 나와 에어 터미널로 돌아가는 모습이 보였다.

쇼는 끝났다. 늦은 시각이었다. 내가 활주로에서 몸을 돌리려는 순간 뭔가가 시야에 들어왔다. 나는 그것을 보고 웃음을 터뜨렸다. 청록색 제비 한 마리가 자신만의 에어쇼를 벌이고 있었다. 람으로부터 영감을 받은 것이 분명했다. 제비는 활주로 위로 높이 올라가기도 하고 날개를 짝짝이로 펼치기도 했다. 날개를 기울이기도 하고 공중제비를 돌며 하강하기도 했다. 제비가 영감을 받은 것 같았다. 나는 렘브란트의 그림을 본 후 항상 그림을 그리고 싶었다. 청록색 제비는 정확하게 공중제비를 하다가 멈추고 흥분한 것처럼 다시 날아올랐다가 제비가 으레 그렇듯 공중제비를 하면서 다시 내려왔다. 그러나 이 제비는 몸을 매우 꼿꼿하

게 세우면서 긴장해 있었다. 그것은 곡예하는 제
비였다.

　나는 집으로 가서 그날 밤도, 그 다음 날도, 그
다음 날도 람의 쇼를 생각했다.
　나는 내가 아름다움에 대해 약간은 알고 있다
고 자부해 왔었다. 시를 외우고, 시와 산문 모두에
나타나는 리듬의 복잡함, 힘과 움직임, 반복과 뜻
밖의 요소들에 관심을 기울이며 내 삶의 대부분을
보냈다. 워싱턴 주의 벨링햄에 있는 두 아스팔트
도로 사이의 민들레꽃밭에 서서 아름다움에 눈뜬
적도 있었다. 보스턴 미술관조차도 시간 때우기로
유월 일요일 오후에 찾아간 이 작은 북서부 공항
보다 더 많은 영감을 떠올려주지는 않았다. 소매
를 걷고 인간적으로 가능한 것의 경계를 다시 한
번 더 멀찍이 옮겨야 한다는 사실을 깨닫는 것보
다 더 기분 좋은 것은 이 세상에 없다.

나중에 나는 데이브 람과 같이 비행을 했다. 웨스턴워싱턴 대학교에서 가르치는 마음씨 좋은 지리학자 딕 스미스가 그것을 주선하고 동행해 줬다. 람과 딕 스미스는 같은 대학에서 일하는 동료였다. 람은 지질학에 관해 두 권의 책과 수많은 논문을 출간했다. 그는 약간 따분해 보이는 미남이었다. 무뚝뚝한 얼굴에 턱이 넓었다. 그을린 피부에 눈매는 날카로웠고 말이 적었다. 굳이 물어보지 않아도 마흔 살이라는 것을 알 수 있었다.

그는 내게 캐스케이드 산맥을 보여주고 싶어했다. 해변에서 겨우 50마일밖에 떨어져 있지 않은 이 거대한 봉우리들은 해발 2,700미터까지 솟아 있었고 산봉우리에는 얼음이 두껍게 덮여 있었다. 워트콤 카운티에는 아래쪽 48개 주를 모두 합한 것보다 더 많은 빙하가 남아 있었다. 캐스케이드 산맥과 비교하면 로키 산맥은 언덕처럼 보였다. 그해에 베이커 산의 화산 활동이 시작됐다. 해변에 있는 우리 집에서도 맑은 날 이른 아침에는 산꼭대기 근처에서 화산 연기가 솟아오르는 모습이 보였다. 수증기로 만들어진 뭉게구름 때문에 눈 쌓인 산봉우리가 가려지는 경우가 많았다. 연일 신문에서 베이커 산의 화산 활동을 보도했다. 과연 베이커 산이 폭발할까? (몇 년 후 실제로 세인트헬렌스 산이 폭발했다.)

그날 람이 조종한 비행기는 묘기를 선보였던 복엽 비행기가 아니었다. 그는 엔진 한 개에 더 빠르고 조종석에 지붕이 달린 세스나를 몰았다. 우리 집 근처의 잔디 깔린 울퉁불퉁한 임시 활주로에서 이륙한 비행기는 해안과 내륙 위를 비행했다. 아래쪽에 해변을 따라 펼쳐진 평원이 구름 때문에 보이지 않았다. 150미터 상공에서 구름 위를 날기도 하고 구름 속으로 들어가기도 하면서 비행기는 보이지 않는 험준한 봉우리들로 향했다. 비행기를 타고 있을 때면 항상 그렇듯이 나는 모든 것을 포기했다. 비행기에서는 속수무책 상태가 된다. 이따금씩 람은 구름 속에 난 틈새를 들여다보며 우리에게 내려다보라고 신호를 보냈다. 그는 "저게 라슨의 완두콩 농장입니다."라고 말하거나 "저건 녹색 도로입니다."라고 말한 다음 상승하면서 경로를 바꿨다.

캐스케이드 산맥에 도착하자 람이 베이커 산 등성이 옆쪽으로 미끄러져 내려갔다.

비행기가 요란한 소리를 내며 산을 강타했다. 앞유리로 지저분한 눈 풍경이 빠르게 지나갔다. 흔들리며 급강하한 배 부분이 눈을 스치는 것 같았다. 날개 부분이 흔들렸다. 몸이 뒤로 젖혀졌고 산은 뒤로 물러섰다. 비행기 엔진은 투덜거렸다. 몸이 내동댕이쳐지는 것 같았다. 아니 실제로 내던져졌다. 커브 비행에서는 얼굴과 내장 기관의 일부가 뒤로 밀리는 것 같았다. 자살이라도 할 것처럼 비행기가 눈 속으로 곤두박질치듯 급강하했다. 급상승을 하거나 급강하를 하는 바람에 가슴이 철렁하고 간이 떨어질 것 같았다. 나는 겨우 나 자신을 가다듬고 중력에 맞서 무거운 머리를 간신히 들었다. 바벨처럼 무거운 눈을 뜨고 주변에 보이는 것을 확인하려고 애썼다. 빙하 위에 쌓인 눈을 갈라놓고 있는 주름진 녹색 틈새들이 보였다.

날아오는 눈이 창문을 가득 메우면서 검은 바위 형태를 이루었다. 어느 쪽이 위쪽인지 알 수가 없었다. 무시무시한 틈새들 말고는 모든 것이 검은색이거나 회색, 아니면 흰색이었다. 모든 것이 시끄러운 소리를 냈고 흔들렸다. 얼굴이 옆쪽으로 강타 당하는 것 같았고 유리창에 있던 눈이 빠르게 흩어지며 추상화를 만들어냈다. 구름 조각들이 쏜살같이 눈을 가렸다. 비행기가 몸을 세워 돌린 다음 산을 다시 지나가기 위해 산 옆으로 돌진했다. 산비탈에서 1, 2인치밖에 떨어지지 않은 상태로 비행기가 간신히 옆을 지났다. 얼어붙은 폭포와 눈더미가 뒤섞이면서 떨어져 나갔다. 만약 비행기의 블랙박스에 조종사의 마지막 말과 더불어 비디오테이프가 저장된다면 이 비행기의 비디오테이프에는 산 옆이 사방에서 유리창으로 다가오고, 얼음과 눈, 바위가 스크린을 가득 채운 채 시끄럽게 스쳐 지나가는 모습이 담기게 될 것이다.

람은 점잖게 조종하는 중이었다. 딕 스미스는 김이 빠져나온 베이커 산의 열하(암석 사이의 갈라진 틈. 옮긴이)를 보고 싶어 했다. 벨링햄에 사는 사람들 모두 전국의 모든 지질학자처럼 이 그을린 열하를 보고 싶어 했다. 세상의 어느 누구도 람처럼 비행기를 타고 그렇게 가까이 그것에 다가갈 수 없었다. 그는 친밀한 사랑과 감을 통해 산을 얼굴처럼 잘 알고 있었다. 그는 비행기를 타고 과감하게 할 수 있는 일이 무엇인지 알고 있었다.

베이커 산에서 빠져나오자 그는 다시 구름 속으로 들어간 다음 곧 동체를 기울이며 전속력으로 날았다. 누군가가 "자매봉이다!"라고 소리쳤다. 앞유리 가득 붉은 바위가 보였다. 이 산은 지옥처럼 무시무시해 보였다. 생물이라곤 하나도 없는 깎아지른 것 같은 음산한 바위산이었다. 붉고 날카로운 바위 날이 구름 위로 들쭉날쭉 뚫고 올라왔다. 산에는 조용히 그늘이 져 있었다. 비행기 동체를 기울이면서 우리는 깎아지른 듯 너무 가팔라서 눈이 쌓이지 못한 이 날카로운 봉우리들 옆으로 지나갔다. 철분이 가득한 바위에 녹이 슬어서 봉우리들이 붉은색으로 변했다고 누군가가 큰소리로 알려줬다. 나중에 다시 땅에 내려와서 자매봉을 바라보자 두 개의 뾰족한 봉우리가 하늘을 배경으로 반투명하게 보였다. 봉우리들이 화살촉처럼 날카롭고 뾰족하고 약해 보였다.

섬으로 돌아오는 비행기 안에서 나는 랍과 이야기를 나눴다. 섬까지는 50 내지 60마일 정도의 거리였다. 다른 많은 사람들처럼 나도 지도책을 보고 워싱턴 주의 벨링햄을 골랐었다. 지도책을 보면 바닷물에서 노를 저을 수 있고 눈 덮인 산을 볼 수 있는 것이 확실했다. 팔월에도 피켈을 들고 60미터 깊이의 녹색 열하들을 비켜가며 얼음 덮인 산등성이를 등반할 수도 있었다. 바다에서 섬들을 바라볼 수도 있었다. 이제는 구름이 머리 위로 떠 있었다. 어두운 형체들이 반짝이는 물 위에 비쳤다. 그저 검푸른 녹색과 약간의 노란색 말고는 거의 색을 찾아볼 수 없었다. 섬에는 고층건물만 한 짙은 더글러스 전나무들이 자라고 있었다. 흰머리독수리들이 해안에서 먹이를 먹고 있었고 재갈매기만 한 개똥지빠귀들이 개간지에서 노래를 했다. 비행기는 둥그런 지구와 짙은 구름 사이로 섬을 향해 날았다.

"무엇을 하며 살아갈 것인지 생각해보기 시작했을 때 나는 산에 관한 전문가가 되기로 했어요. 대단한 것은 아니었지만 뭔가 특별한 일이었죠. 모든 관점에서 산에 관해 모든 것을 알아볼 작정이었어요. 그래서 지리학을 시작했어요."

지리학은 람에게 너무 평범했고, "1에이커에서 밀 몇 부셸약 35리터. 옮긴이이 나오는가" 같은 문제에 너무 집착하는 것처럼 보였다. 그래서 그는 지리학을 그만뒀다. 스미스는 전국의 지리학과에서 랩이 찍은 사진 슬라이드, 즉 공중에서 찍은 지질학적 특징을 담은 클로즈업 사진들을 사용한다고 내게 알려줬다.

"나는 산을 오르곤 했어요. 그렇지만 산 주변을 비행기로 날아보는 것이 벼룩처럼 산 옆에 붙어서 오르는 것보다 산의 힘을 더 잘 느낄 수 있는 방법입니다."

그는 자신의 곡예비행에 대해서도 이야기했다. 그는 하늘이 하나의 선과 같다고 말했다.

"선의 이쪽 끝과 저쪽 끝처럼요. 마치 밧줄 같다고나 할까요. 리듬을 탄 다음 그것을 따르는 거죠."

그가 즉흥적으로 말했다. 에어쇼에서 곡예를 하는 동안 그는 빛 조절에만 신경을 쓴다고 말했다. 그는 햇빛을 마주보고 곡예를 하지는 않았다. 이것이 그가 자신의 일에 대해 말한 전부였다.

곡예비행 중에 조종사는 지구 중력의 일곱 배가 되도록 조종간을 당기거나 역중력 수치 6에 이르도록 조종간을 당긴다. 어떤 선회 비행에서는 비행기 기수를 갑자기 낮추고 어떤 선회 비행에서는 기수를 급격히 든다. 조종사들은 압력을 조심스럽게 교대로 높이고 낮춤으로써 의식을 잃지 않는다.

나중에 나는 곡예비행사들 중에 중력 장화를 신고 연습하는 조종사가 있다는 이야기를 들었다. 문간 위에 걸 수 있도록 만들어진 이 장화를 신으면 문간에 거꾸로 매달릴 수 있다. 조종사 자녀들이 집에서 어머니나 아버지가 박쥐처럼 문간에 거꾸로 매달려 눈을 부릅뜬 채 걷는 모습을 보게 되면 아마 기절초풍할 것이다.

비행기는 스튜어트 섬, 페라 번이 조류에 밀려갔던 그 섬에 있는 활주로에 착륙했다. 우리는 비행기에서 나와 들판 사이로 난 흙길을 따라 노란색 사암 바위 턱들이 바다 속으로 돌출돼 있는 그늘진 해안으로 걸어갔다. 해가 나왔다. 바닷물 속에 뱀이 보였다. 45센티미터 길이의 뱀이 녹색 여울에서 헤엄치고 있었다.

나는 생존자의 뿌듯함을 느꼈다. 베이커 산이

비행기를 찾아내기 전에 람이 구름 속에서 베이커 산을 먼저 찾아냈다. 천으로 닦아내는 섯처럼 그가 빠른 비행기로 그것을 물리쳐 버렸기 때문에 우리는 살 수 있었다. 비행기가 스튜어트 섬을 떠나 고도에 진입했을 때 나는 그에게 선회 비행을 할 수 있느냐고 물었다. 나중에 안 사실이지만 비행기가 엄청난 소리를 내고 있었기 때문에 딕 스미스는 내 말을 전혀 알아듣지 못했다고 한다.

"왜 안 되겠어요?"

놀랍게도 람이 다음과 같이 덧붙였다.

"비행기가 부서지는 것도 아닌데요, 뭘."

아무런 법석도 부리지 않은 채 그가 핸들 위로 몸을 구부리자 날개가 내려가면서 공중제비를 넘기 시작했다. 비행기가 큰 소리를 내며 뒤집혔다. 우리는 튀긴 페인트처럼 비행기 옆에 찰싹 달라붙었다. 온몸의 피가 얼굴로 몰려서 두개골과 피부 사이에 쌓이는 것 같았다. 희미하게 크롬색 바다가 람의 머리 위에서 지팡이처럼 빙글 도는 모습이 보였다. 어두운 섬들이 비처럼 하늘로 미끄러지고 있었다.

중력이 살인청부업자처럼 나를 자리에 내동

댕이쳤다가 그대로 꼼짝 못하게 만들었다. 가슴이 쿵쾅거렸고 비행기가 천천히 회전하는 동안 장기가 차례로 오그라드는 것 같았다. 눈알이 튀어나올 것 같았고 맥박이 쿵쿵 뛰었다. 점점 더 소리가 커지는 것 같았다. 날개가 나머지 90도를 떨면서 돌더니 수평 상태로 자리를 잡았다. 놀랍게도 이제는 섬이 아래쪽에 있고 구름은 위쪽에 떠 있었다.

숨을 쉴 수 있게 됐을 때 나는 다시 그것을 할 수 있느냐고 물었다. 그가 이번에는 반대쪽으로 회전했다. 바다의 밝은 선이 옆 창문 위로 미끄러져 올라갔다. 창문은 무거운 섬들을 떠받들고 있었다. 내 피가 질러대는 비명과 흔들리는 비행기 소리 속에서 나는 앞유리 너머 창처럼 얇은 바다의 선을 힐끗 쳐다봤다. 곡예비행을 할 때 뇌가 흐릿해지고 끊임없이 피가 귓속에서 큰 소리로 울려퍼지는 상황에서 람은 어떻게 방향 감각을 잃지 않았을까? 모든 곡예비행은 절묘한 기술이고, 의지의 과시이자 언명이었다.

다른 곡예비행사들은 한두 개의 묘기를 펼친 후 비행기를 수평으로 돌렸다. 그러지 않으면 피가 뒤로 쏠리고 비행기가 떨어질 수도 있기 때문이었다. 올림픽 체조 선수는 최고의 묘기를 선보일 때 매트 위에서 연속 10회전을 한다. 그러나 연속 10회전을 하다 보면 끝에 착지하기가 쉽지 않다. 랍은 비행기의 힘을 이용해 더 빠르게 회전하면서 훨씬 더 많은 압력을 견뎌냈다. 그리고 그는 삼차원에서 회전할 수 있었고, 하늘의 공간이나 행운이 바닥날 때까지 계속 회전할 수 있었다.

비행기가 수평으로 돌아온 후 십 분 동안 집을 향해 똑바로 날아가고 있을 때 딕 스미스가 목청을 가다듬으며 말을 꺼냈다.

"아까 우리가 저기서 한 게 뭐였지?"

"연속 횡전橫轉이야."

랍이 말했다.

"연속 횡전이었어."

그는 더 이상 아무 말도 하지 않았다. 나는 그의 머리 뒤쪽을 바라봤다. 그의 뺨과 턱의 진지한 선이 보였다. 그는 소매 있는 셔츠를 입고 있었다. 피부는 햇볕에 그을렸고 손목은 튼튼했다. 그를 어떤 상황에서라도 사랑한다는 것은 불가능한 일 같았다. 그는 낙담할 줄 모르는 외계인과 같은 존재였고 '지 아이 조G. I. Joe' 인형처럼 보였다. 그는 여느 조종사처럼 사무적이고 따분해 하는 몸짓으로 비행기를 조종했다. 조종사들은 자신들의 엄청난 힘만이 그런 지루함을 견뎌낼 수 있는 것처럼 머리 위쪽의 스위치를 켜고 다이얼을 돌린다. 그들이 큼지막한 양손으로 잡고 있는 핸들의 반쪽원은 일 분 후에 부셔 버릴 장난감처럼 보인다. 핸들을 받치고 있는 요동치는 조종간은 거의 붙어 있는 것처럼 보이질 않는다.

와이오밍 주에 사는 한 농약 살포 비행기 조종사가 농약 살포 조종사의 예상 수명이 오 년이라고 알려줬다. 그들은 매우 낮게 날기 때문에 건물과 전선에 잘 부딪힌다. 문제가 생길 경우 벗어나 날 수 있는 공간이 없다. 속도 저하를 회복할 공간도 없다.

내가 쇼숀 강의 노스포크에 접해 있는 와이오밍 주 코디에서 지낼 때였다. 어느 날 아침 농약 살포 비행기가 농장 집 위로 날며 내 침실 지붕을 거의 스치듯 지나갔다. 그 바람에 나는 잠에서 깼다. 내 얼굴에서 겨우 몇 인치 성도 위로 바퀴의 블드들이 보이는 듯했다. 그는 평범한 오래된 풀밭 위에 살충제를 뿌리고 있었다. 아침을 먹으면서 나는 그에게 농약 살포 일을 한 지 얼마나 됐느냐고 물었다. "4년요."라고 그가 대답했다. 그 숫자가 잠시 우리 두 사람 사이의 허공에 멈춰 섰다.

"이 일을 하다 어느 날 죽게 된다는 걸 알고 있어요."

그가 덧붙였다.

"우리 모두 그걸 알고 있어요. 그렇지만 우리는 그걸 받아들여요. 그냥 그러려니 하고요."

지금 생각해보면 그 조종사는 아직 이십대였기 때문에 그런 말을 해야 한다는 사실만을 수긍했을 뿐, 개인적으로는 자신이 그 통계를 피해갈 수 있으리라고 믿었던 것 같다.

람 역시 그 사실을 알고 있었던 것 같다. 그가 그것에 대해 어떤 생각을 가지고 있는지는 알 수가 없었다. 초창기 조종사였던 프랑스인 장 메르모즈 1901~1936는 "해볼 만한 가치가 있다."라고 말했다. 그는 생텍쥐페리의 친구였다.

"설사 추락해서 죽는다 해도 그것을 감내할 만한 가치가 있다."

람은 요르단에서 후세인 왕을 위해 곡예비행을 펼치다가 추락했다. 비행기가 회전하다 돌아나오질 못하고 땅으로 급강하해서 폭발했다. 나는 그 당시 남편과 함께 산후안에 있는 그 외딴 섬에서 모든 것으로부터 단절된 채 살고 있었다. 배터리 라디오를 통해 대륙 절반 거리에 떨어져 있는 토론토의 캐나다 방송국 방송을 들을 수 있었다. 미국이 폭파돼서 날아가 버린다거나 하는 사건쯤은 일어나야 섬 주민들이 그 소식을 알 수 있을 정도였다. 그러나 그보다 작은 사건은 그렇질 않았다. 신문도 없었다. 한 친구는 일요일판 《뉴욕 타임스》를 우편선으로 받아서 구독했다. 그는 일요일까지 그것을 간직해 뒀다가 매주 파티를 열었다. 우리 모두 일요일판 《뉴욕 타임스》를 읽었지만 어느 누구도 그것이 한 주 전 신문이라는 사실을 언급하지 않았다.

어느 날 폴 글렌의 동생이 벨링햄에서 비행기를 몰고 왔다. 그는 수상 비행기를 가지고 있었다. 오두막 앞 바다에 착륙한 다음 그것을 우리 정박지에 묶어 두고 커피를 마시러 우리 집에 들어온 그가 이런저런 소식을 전해 줬나. 그러다가 곡예비행사 데이브 랍이 추락했다는 소식은 알고 있죠? 하고 물었다. 랍은 요르단에서 곡예비행을 하던 중에 급강하하다가 빠져나오질 못하고 땅으로 곧장 추락했다. 그의 아내가 그곳에서 그 광경을 지켜보고 있었다.

"어젯밤 CBS 뉴스에서 그걸 봤어요."

그는 눈물이 그렁그렁한 내 눈을 갑자기 날카롭게 바라보더니 "왜요? 그 사람을 알아요?"라고 물었다. 그러나 아니었다. 나는 그를 잘 알지 못했다. 딱 한 번 그가 모는 비행기를 탄 적이 있었다. 나는 그의 비행에 감탄했었다. 제대로 잘만 하면 두려움이 세상에서 가장 안전한 것이 될 수도 있다는 생각이 들었었다.

나중에 나는 신문을 찾아봤다. 랍은 그 해에 요르단에서 살고 있었다. 후세인 왕이 그를 초청해서 왕립 요르단 독수리 곡예비행단의 훈련을 일임했다. 그는 요르단 대학교에서 지리학과 방문교수로 학생들을 가르치기도 했다. 사고가 났던 그날 그가 탄 비행기는 그가 손바닥처럼 훤히 알고 있던 피트 스페셜 기종이었다. 결혼한 지 육 개월 된 그의 아내 케이티 람이 딸과 함께 후세인 옆에 앉아서 관람하고 있었다.

람은 롬체바크, 미부 활공, 수평 돌리기 곡예를 선보이다 죽었다. 롬체바크를 할 때 조종사는 비행기를 비스듬히 세운 다음 급회전을 한다. 나는 람이 이 곡예를 하는 것을 본 적이 있다. 하강하는 비행기가 나뭇잎처럼 천천히 회전했다. 비행기가 발레리나같이 음악의 느리고 고통스러운 아름다움에 집중하듯 고개를 한껏 뒤로 뻣뻣하게 제치고 있는 것처럼 보였다. 그것은 람이 가장 좋아하는 곡예 중 하나였다. 조종사는 곧장 위로 날아가서 비행기의 속도를 줄이고 꼬리 쪽으로 활강한다. 다음에는 앞부분을 내리고 갑자기 속도를 올린 다음 낮게 공중제비를 하면서 끝을 낸다.

그것은 어떤 고도에서 하더라도 위험한 곡예였다. 람은 낮은 고도에서 공중제비를 하다가 땅에 부딪혔다. 미부 활공을 할 때 충분한 고도가 확보되지 않았기 때문에 추락하고 말았다. 후세인 왕이 불타고 있는 비행기로 달려가서 그를 끌어냈지만 그는 이미 죽은 상태였다.

내가 벨링햄 근처에서 책상 앞에 앉아 일을 하고 있을 때였다. 에어쇼를 보고 난 후 몇 달이 지났고 람과 함께 비행기를 탄 후 한 달이 지난 뒤였다. 갑자기 너무 이상한 소리가 내 집중력을 뚫고 들어왔다. 그것은 비행기가 낮게 날고 있는 소리였다. 그 소리는 음악처럼 높아졌다 낮아지길 반복하면서 없어지질 않았다. 비행기가 지척에서 난 적은 한 번도 없었다.

나는 현관으로 걸어 나가서 위를 올려다봤다. 람이 검은색, 금색 복엽 비행기를 타고 온 하늘에서 회전하고 있었다. 나는 그의 곡예비행에 대해 의문을 품어왔던 차였다. 정말로 그렇게 아름다울 수 있을까? 그러나 그것은 아름다웠다. 지금 여기서도 아름다우니까. 작은 비행기가 마치 포도넝쿨처럼 온 하늘에서 회전을 했다. 멀리까지 따라가다가 그 복잡함에 놓치고 마는 기다란 수학 검산처럼 비행기가 뒤에 길게 꼬리를 남겼다. 람이 미송 위로, 바다 위로, 농장 위로 높이 날고 있는 모습이 보였다. 허공은 액체이고 람은 뱀장어였다.

모차르트가 악보 사이에서 빠져나와 가발에 짧은 바지를 입고 하늘에서 날아다니는 모습을 보는 것 같았다. 그가 하늘에서 급강하하면 음악 소리가 들릴 것 같았다. 비행기 꼬리에 이어지는 흰 구름처럼 음악 소리가 그의 뒤에서 쏟아졌다.

　　나는 정신없이 하늘을 쳐다봤다. 흔들리지 않는 단단한 현관에 서 있었지만 나는 방향 감각을 잃고 비틀거렸다. 코와 척추를 위로 치켜세우고 이리저리 돌렸다. 나는 비행기가 만들어내는 선을 율동적으로 따라갔다. 덮개 없는 검은 비행기의 조종석에 앉은 람이 곡선 모양의 공간을 선보였다. 그는 램프를 빠져나오듯이 허공을 미끄러져 내려왔고, 둥근 천장 모양을 그렸으며 바퀴처럼 둥글게 회전했다. 고리 모양을 층층이 만들어냈고 고도를 마음껏 찬미했다. 허공의 두루마리를 펴서 펼친 다음 그것을 구부려서 뫼비우스의 띠처럼 만들었다. 천 가지 새로운 방법으로 선을 감아올렸다. 마치 그가 새로운 글씨체를 발명한 다음 아름다움의 경계가 무너졌을 것이라는 생각이 들 정도로 무한하게 반복하는 한 획을 긋고 있는 것 같았다.

집 안에서는 회전하는 비행기 소리가 장난감 피리처럼 주석 음색이 났었다. 그러나 밖에서는 비행기가 회전하며 가까워지거나 멀어질 때 비행기 소리가 도플러 효과음원이 가까워지면 소리가 커지고 멀어지면 소리가 작아지는 현상. 옮긴이에 따라 커졌다 작아졌다. 람은 뱃머리처럼 하늘을 가르고 지나가며 시간을 왼쪽과 오른쪽으로 나눠 놓았다. 그는 사십 분 동안 곡예를 펼친 다음 말벌만큼 작게 보이는 비행기를 돌려 내륙 공항으로 향했다. 나중에 나는 람이 이 해안 위에서 곡예비행 연습을 자주 했었다는 말을 들었다. 혹시라도 방향을 잃고 추락한다 해도 바닷물에 빠지게 되면 어느 누구도 피해를 입지 않게 되리라는 생각에서 그랬다고 한다.

내가 비행기에서 두 번의 연속 횡전을 직접 경험해 보지 않았더라면, 나는 람이 하늘 위에서 기분 좋게 장난하고 있는 거라 상상했을 것이다. 어쩌면 잭슨 폴록1912~1956, 미국 화가도 화가의 의도적이고 지적인 고심에 덧붙여 어느 정도의 장난기를 느

껐을지도 모른다. 내 한정된 경험에 의하면 그림 그리기는 글쓰기와 달리 그림을 그리는 동안 오감이 즐겁다. 그림을 그린 후보다 그림을 그리고 있을 때 더 즐거운 법이다. 불행히도 비행기로 선을 그리는 것은 오감을 고문한다. 제트 폭격기 조종사들은 한동안 시각을 잃는다. 람 역시 고막이 파열되는 것 같은 기분을 느꼈을 것이다. 원심력이 압박하는 대로 턱을 꾹 다물면 폐까지도 깨물 수 있을 것 같은 기분을 그도 느꼈을 것이다.

"모든 아름다운 가치는 행동으로 나타난다." 라고 예이츠1865~1939, 아일랜드 시인는 말했다. 람은 의도적으로 그 자신을 하나의 형상으로 바꿨다. 멀리 떨어진 비행기의 조종석에 보이지 않게 앉아서 그는 예술과 창조의 도구이자 작인이 됐다. 곡예비행에 대해 이야기를 나눴을 때 그는 자신이 어떤 기분을 느꼈는지 내게 알려주지 않았다. 대신 그는 밝은 하늘을 배경으로 자신의 비행기와 그 비행기가 만들어내는 선이 관객에게 어떻게 보일지에 대해 주의를 기울인다고 말했다. 그가 자신의 기분에 신경을 썼더라면 그 일을 해내지 못했을 것이다. 비행기라는 옷을 입은 그에게서는 성직자처럼 특색이 사라져 버렸다. 그는 배우나 왕처럼 자신이 맡은 역할에 빠져 있었다. 자신의 비행에 대해 그는 단지 "리듬을 탄 다음 그것을 따르는 거죠."라고만 말했다. 그의 과묵함을 보여주는 이 말은 내게 파올로 베로네세1528~1588, 이탈리아 화가의 말이 떠오르게 했다.

"큰 캔버스가 주어지면 나는 내가 적절하다고 생각하는 대로 그것의 가치를 높였다."

베로네세의 말은 반어적이었지만 람은 그렇지 않았다. 그는 우주비행사처럼 직설적이었다. 비행기가 그의 생각을 대신했다.

비행할 때 람은 예술의 한가운데에 앉아서 자신을 예술 속에 묶었다. 그는 회전하며 예술을 사방에 펼쳐 냈다. 그 자신은 그것을 보지 못했다. 촬영해 놓은 것이 아니라면 보지 못했을 것이다. 그것은 마치 베토벤이 자신의 마지막 교향곡을 들을 수 없었던 것과 같았다. 그러나 그 이유는 그가 청력을 잃었기 때문이 아니라 그가 자신이 쓴 종이 속으로 들어가 있었기 때문이다. 람 역시 그런 일이 벌어지는 것을 분명히 느꼈을 것이다. 상상과 금속의 융합, 동작과 생각의 융합이 일어나고 있음을.

나는 이 남자를 하나의 형상으로, 아름다움을 표현하는 소란스러운 악단 속에서 거꾸로 뒤집혀 있는 대학 교수로 생각한다.

우리는 왜 여기에 있는 것일까? 수도사들은 성가대가 되기 위해서라고 말한다.

피에르 테야르 드샤르댕 1881~1955, 프랑스 철학자·성직자은 "순수함이란 우주로부터의 분리에 있는 것이 아니라 우주 속으로 더 깊이 침투하는 것"이라고 말했다. 랍이 비행기를 타고 마지막으로 급강하하는 것보다 우주 속으로 더 깊이 침투하는 것이 있을까? 아니면 공중에 새겨졌다 사라지는, 표현할 수 없고 말도 없으며 자아도 없는 그의 선보다 우주 속으로 더 깊이 침투하는 것을 상상해낼 수 있을까? 다른 예술은 영원할 수 있다. 그러나 나는 랍이 만들어냈던 선 중 단 하나도 기억해낼 수가 없다. 그는 즉흥적으로 그것을 만들어냈다.

우리는 자바체프 크리스토 1935~, 미국 대지 미술가가 포장한 건물이나 도색한 항구를 대할 때 '그 작품이 머지않아 사라질 것'이라는 그의 통렬한 예술관에 공감하게 된다. 자바체프 크리스토는 몇 년간 공을 들인 포

장 작품을 2~3주 동안 보여주고 없앰으로써 예술의 영원성을 허물었다. 옮긴이

람의 비행기는 공간 속에 리본을 떨어뜨렸다. 그 리본의 끝은 기억 속에서 풀리고 그 시작은 놀라움으로 펼쳐진다. 그는 자신이 한 일이 예술로 불릴 수 있다는 사실을 인정했을지도 모른다. 그러나 그것은 어쩌면 예술이라는 의미를 오용하는 경우에만 그렇게 불릴 수 있을 것이다. 사람들은 일반적으로 예술을 기술의 가장 극단적인 형태로 간주하는 실수를 범하기 때문이다. 람은 선의 끝을 타고 가능성으로 이끌었다. 그는 그 선을 발견한 다음 그것을 휘감아서 보여줬다. 그는 자신의 아찔한 탐침을 계속 작동하게 만들었다. 피에르 테야르 드샤르댕은 다음과 같이 말했다.

"세계는 절대적인 것으로 가득, 가득 차 있다. 이것을 보는 것은 곧 자유로워지는 것이다."

옮긴이의 글

사람들은 흔히 번역을 제2의 창작이라고 말한다. 이것은 번역이 다른 언어로 쓰인 글을 번역자의 언어로 옮기는 단순한 작업이 아니라 정확하고 유려한 어휘 선택처럼 번역 과정에 번역자의 창의력이 개입된다는 사실을 인정해 주는 말이다. 그러나 번역의 창의력과 독창성은 원문의 의미를 충실하게 전달한다는 원칙 내에서만 가능하다. 번역자의 창의력과 독창성이 이 한계를 벗어나면 번역은 오역이 되고 만다. 물론 원문의 언어 구조와 번역되는 언어의 구조 차이 때문에 번역은 항상 오역의 가능성을 안고 있다. 독일의 철학자 슐레겔은 백 퍼센트 완벽한 번역의 불가능성을 "모든 번역은 반역이다."로 표현했다. 좋은 번역은 오역의 가능성을 최소화하는 노력의 결과물이다. 그러나 아무리 훌륭한 번역이라 해도 번역은 결코 창작이 될 수 없다. 번역자가 어떤 글을 정확하고 유려하게 아무리 잘 번역해 놓는다 해도 그 글은 원작자의 글일 뿐 결코 역자의 글이 아니다.

글쓰기에 관한 이 책을 번역하면서 글을 쓰는 것과 남의 글을 번역하는 것의 차이점에 대해 잠시 생각해볼 기회를 갖게 됐다. 우선 글을 쓰려면 글을 쓰는 목적과 주제, 글을 쓰고자 하는 욕구와 글 쓰는 재능, 전문적인 지식이 필요하다. 그러나 번역은 그렇지 않다. 학술 서적을 번역할 때는 상당한 전문적인 지식이 필요하지만 사실 특정 분야에 대해 많은 지식이 없다 해도 번역은 가능하다.

번역은 글을 쓰는 것과 마찬가지로 힘들다. 그러나 글 쓰는 고통과 번역의 고통은 질적으로, 양적으로 다르다. 원작자의 의도를 헤아리고 복잡한 원문의 의미를 찾으며 번역을 하다 보면 차라리 내가 쓰고 말지 하는 생각이 들 정도로 힘이 들 때가 많다. 사방이 바다로 둘러싸인 섬의 서재에 틀어

박혀 세상과 담을 쌓은 채 아침부터 밤 늦게까지 글을 쓰는 이 책의 저자 애니 딜러드처럼 나 역시 책을 번역하는 동안에는, 집 안에서 절대 볼일을 보지 않는 강아지를 산책시키기 위해 아파트 단지를 하루에 세 번 도는 것 말고는 대부분 집에 틀어박혀 지낸다. 문장을 읽는 즉시 바로 타이핑을 하면서 아무리 빠르게 번역한다 해도 책 한 쪽을 번역하는 데에는 최소한의 시간이 필요하다. 책 한 쪽을 타이핑하는 데 걸리는 시간을 30분으로 가정하면 200쪽짜리 책을 번역하려면 최소 200시간이 걸린다. 이론상으로는 하루에 10시간씩 작업하면 최소 20일이면 책 한 권의 번역이 끝난다. 그러나 이 최소한의 시간 안에 책을 번역해낸다는 것은 거의 불가능하다. 한 단어나 한 문장에서 번역이 막히면 하루, 이틀이 훌쩍 지나가버리는 경우도 많다. 하루에 20쪽씩 작업이 진행되는 경우도 있지만 그것은 가뭄에 콩 나듯 드물다. 하루에 10시간 이상 책상 앞에 앉아 자판을 두드리다 보면 눈이 아프고 온몸이 쑤신다. 번역 한 권이 끝날 때쯤에는 시력 저하와 손목 저림, 어깨 결림을 전리품으로 얻게 된다. 그러나 이런 정신적, 육체적 고통과

괴로움은 책상 앞에 앉아 자판을 두드리며 번역하는 시간으로 대부분 한정된다. 번역이 잘 안 되는 부분은 목에 걸린 생선 가시처럼 두고두고 고민의 대상이 될 수 있다. 그렇다 해도 번역자의 고통은 번역을 시작하는 순간 시작해서 번역을 마치는 순간 끝난다.

그러나 글 쓰는 사람의 고민은 글을 쓰기 훨씬 전부터 시작되고, 글 쓰는 이의 생활은 글 쓰는 일에 송두리째 지배된다. 아침에 눈을 뜨는 순간부터 잠을 자는 순간까지, 아니 꿈속에서도 써야 할 글에 대해 생각한다. 이 짧은 「옮긴이의 글」을 쓰기 위해 나는 며칠 동안 운전하면서, 샤워하면서, 운동하면서, 꿈속에서, 하루 종일 무슨 말을 쓸 것인지 고민하며 생각을 정리한다. 일정 기간 동안 생각의 구름을 모으지 않으면 절대 글이 비가 되어 떨어지지 않는다. 그러나 번역에는 그런 구름 모으기 과정이 필요없다. 하루 종일 생각의 주파수를 번역에 맞춰놓을 필요도 없다. 책상 앞에 최대한 오래 앉아서, 앉아 있는 시간 동안 최대한 집중하면 된다.

글 쓰는 일과 번역의 또 다른 차이점을 애니

딜러드의 말을 빌려 표현하면 글 쓰는 이는 한 줄의 단어를 탐침 삼아 글을 쓰고, 번역자는 글 쓰는 이가 써 놓은 글을 탐침 삼아 번역을 한다. 글 쓰는 이는 자신이 쓴 첫 번째 문장을 횃불 삼아 깜깜한 백지 위에 글의 길을 내는 반면 번역자는 글 쓰는 이가 낸 길을 그저 따라가기만 하면 된다. 글 쓰는 이는 길을 내는 과정에서 늪에 빠지기도 하고, 절벽을 기어오르기도 하고, 바위에 부딪혀 한동안 정신을 잃기도 하지만, 번역자가 길을 잃는 경우는 없다. 번역자는 다리가 저리고 어깨가 결리더라도 그저 묵묵히 앞으로 달려 나가기만 하면 된다.

애니 딜러드는 때로는 재미있게, 때로는 가슴 아프게, 때로는 참신하고 독창적으로, 때로는 의미심장하게 글 쓰는 이의 삶을 보여준다. 그녀의 글을 읽으면서 글쓰기와 번역의 관계를 되짚어보다 보니 번역서를 연구 실적에 포함시키지 않는 학계에 대한 내 불만이 어느 정도 수그러든 것 같다. 내가 번역한 책들이 내가 쓴 글은 아니니까. 이런 깨달음을 얻은 것만으로도 이 책을 번역한 보람이 있었다고 말할 수 있을까? 이 책이 출판돼서 집에 배달되면 아마도 나는 맨 먼저 「옮긴이의 글」부터 펼쳐볼 것이다. 이 책 중에서 그래도 내 글이라고 주장할 수 있는 부분이 「옮긴이의 글」뿐이니까 말이다.

2008년 11월 11일

이미선

주요 서평

읽는 즐거움이 있을 뿐만 아니라 상상력을 자극하고 글쓰기에 영감을 주는 작품이다. 딜러드는 쉽게 간과되는 것, 흔하디흔한 것, 잘 드러나지 않는 것을 아름다운 것, 소중한 것, 의미심장한 것으로 받아들이는 데 가히 최고이다. 그녀는 대상과 관련된 많은 이야기와 내력과 사실과 단편적인 일들을 알고 있으며 그것들을 면밀히 탐색해서 어김없이 의미를 찾아낸다.
《뉴욕 타임스》

작가가 아닌 이들은 글 쓰는 삶의 고통과 기쁨을 엿볼 수 있고, 작가들은 자극을 주는 뛰어난 동료와 푸근하고 여유 있는 만남을 가질 수 있다.
《시카고 트리뷴》

퓰리처상을 수상한 저자가 이 짧은 에세이 모음집에서 무엇이 자신의 글쓰기를 가능하게 하는지 깊이 탐색하고 있다. 그녀는 자신이 왜, 어디서, 어떻게 글을 쓰는지 맑은 시선과 재치 넘치는 위트로 들려주고 있다.

《퍼블리셔스 위클리》

딜러드는 아름답고 신비로운 산문을 쓴다. 저자는 이 책에서 글쓰기 못지않게 자기 삶에 관해 많은 이야기를 하고 있다. 그녀는 창조하기 위해 견뎌야 하는 현실, 즉 지독한 고독에 내성을 갖고 있다.

《로스 앤젤레스 리뷰 오브 북스》

이 책은 퓰리처상을 수상한 작가가 글쓰기와 작가에 관해 쓴 에세이집이다. 여기저기 곳곳에 아름다운 문장이 빛나고 있고 충실한 조언도 담겨 있다. 펜과 잉크의 세계 속에 사는 고뇌와 기쁨를 들려주고 있다.

《커커스 리뷰》

글쓰기의 가장 기본이 되는 내용을 담고 있다. 작가의 작업 모습을 전반적으로 보여주는 얇고 훌륭한 가이드북이다. 저자는 자신의 다른 작품들에서처럼 열정과 지성을 함께 보여준다.

《보스턴 글로브》

이 책에는 진주가 사방에 흩어져 있다. 독자마다 서로 다른 영롱한 진주에 매혹될 것이다. 이 책은 짧은 이야기들을 통해 우아하고 간결하게 작가의 삶을 조명한다. 저자는 글 쓰는 이들에게 기운을 북돋우는 조언을 들려준다.

《클리블랜드 플레인 딜러》

삶의 지혜를 모은 『도덕경』처럼 간략하면서도 강력하다. 그래서 독자는 베껴 쓰고 녹음하고 냉장고에 자석으로 붙여두고 싶을 것이다. 저자의 말들은 용기를 심어주고, 도전하는 삶의 가치를 보여준다.

《USA 투데이》

얇은 책이지만 폭발하는 폭탄처럼 강한 위력을 지니고 있다. 비유가 가득한 글에 톡톡 튀는 에피소드가 끊임없이 이어진다.

《디트로이트 뉴스》

저자에 대하여

애니 딜러드(Annie Dillard)

1945년 미국 펜실베이니아 주 피츠버그에서 출생했다.
버지니아 주 홀린스 대학에서 문학과 창작을 공부했으
며, 1964년 시인이자 실험적 소설가이자 자신의 글쓰기
스승인 리처드 딜러드(Richard Henry Wilde Dillard)
와 결혼했다. 당시 리처드 딜러드는 홀린스 대학에서 인
기 있었던 창작 강의 프로그램의 책임자였다. 그녀는 자신
이 글쓰기에 대해 아는 것은 모두 그에게 배웠다고 말한
다. 1968년 같은 대학에서 헨리 데이비드 소로의 『월든』에
관한 논문으로 영문학 석사 학위를 받았다. 1971년 폐렴을
앓은 후에 보다 충만한 삶을 살고자 버지니아 주 팅커 크
릭 지역의 자연 속에 살면서 쓴 『팅커 크릭 순례(*Pilgrim
at Tinker Creek*)』(1974, 한국어판 제목 "자연의 지혜")로

퓰리처상을 수상(1975)하면서 작가로서의 입지를 굳혔나. 이후 소설가, 시인, 수필가, 문학비평가로 활발히 활동하며 많은 상과 찬사를 받아 왔다. 퓰리처상을 받고 나서 언론의 주목을 피해 워싱턴 주에 위치한 섬으로 멀리 이사했는데, 거기서 작가이자 인류학자인 게리 클레비던스(Gary Clevidence)와 만나 1976년 두 번째 결혼을 했다. 워싱턴 주 웨스턴워싱턴 대학교에서 강사(1975~79)를 지냈으며, 1979년 코네티컷 주로 이사해 1980년부터 21년간 웨슬리언 대학교 교수로 있다가 2002년 퇴임했다. 보스턴 대학(1986), 하트퍼드 대학교(1993), 코네티컷 대학(1993)으로부터 명예박사 학위를 받았다. 1988년 역사학자이자 소로(1986)와 에머슨(1995)의 전기 작가로 유명한 로버트 리처드슨(Robert D. Richardson)과 세 번째 결혼을 했다. 다른 주요 작품으로 『돌에게 말하는 법 가르치기(*Teaching a Stone to Talk*)』(1982), 『메이트리 사람들(*The Maytrees*)』(2007) 등이 있다. 1998년 미국 예술문학아카데미로부터 문학아카데미상을 수상했고, 2015년 인간의 삶과 자연을 시와 산문으로 깊이 성찰해 낸 공로를 인정받아 버락 오바마 대통령으로부터 국가인문학훈장(National Humanities Medal)을 수훈했다.

Photo by Phyllis Rose

애니 딜러드
Annie Dillard
1945~

번역자에 대하여

이미선

경희대학교 영어영문학과를 졸업하고 같은 대학 대학원에서 박사 학위를 받았다. 옮긴 책으로는 『연을 쫓는 아이』, 『프랭크 바움』, 『대통령을 키운 어머니들』, 『우정의 요소』, 『도둑맞은 인생』, 『프랑켄슈타인』, 『빌헬름 라이히』, 『욕망 이론: 자크 라캉』(공역), 『자크 라캉』, 『무의식』 등이 있다. 저서로는 『라캉의 욕망 이론과 셰익스피어 텍스트 읽기』가 있다. 현재 경희대학교에서 강의하고 있다.

작가살이
한국어판 ⓒ 공존, 2008, 2018 대한민국

2008년 12월 1일 1판 1쇄 펴냄(『창조적 글쓰기』)
2018년 3월 1일 2판 1쇄 펴냄(개정증보판)

지은이 애니 딜러드
옮긴이 이미선
디자인 도트컴퍼니
펴낸이 권기호
펴낸곳 공존
출판 등록 2006년 11월 27일(제313-2006-249호)
주소 (04157)서울시 마포구 마포대로 63-8 삼창빌딩 1403호
전화 02-702-7025, 팩스 02-702-7035
이메일 info@gongjon.com 홈페이지 www.gongjon.com

ISBN 979-11-955265-9-8 03840